我的病人是老師

那緹——著

推薦序

宋永魁
林口長庚紀念醫院　榮譽副院長

專科護理師那緹的前作《那些年，在婦癌科病房發生的鳥事》一書，將婦癌病人治療過程中的現實困境生動展現於讀者面前。書中不僅生動刻畫病人飽受折磨的痛苦，更揭示了家屬面對至親罹癌時的無力與掙扎。透過這些故事，我們得以窺見癌症患者的無奈與醫護團隊的用心——從規劃現代化治療方案到提供細膩的心理支持，每一步都需傾注專業與溫度。然而，並非所有癌症都能早期發現並妥善治療，仍有許多患者必須面對治療無效的困境，甚至承受死亡的恐懼。

本書聚焦於「婦癌專科護理師、醫師及病人家屬」三大角色，探討如何陪伴來日無多的末期患者。作者借鑑目前臨終關懷與安寧療護的經驗，呼籲社會正視此議題的迫切性。書中反覆強調：安寧照護不僅是醫療團隊的責任，更需要家屬與親友的共同參與。透過真實案例，我們終須領悟——無論醫學如何進步，人類終須坦然面對「死亡」與「治療極限」的現實。

書中亦融入佛教生死觀的智慧：死亡並不可懼，臨終時若能保持心念清淨，便是通往解脫的契機。這種「無用之用」的哲思，恰與安寧療護「尊重生命自然歷程」的理念不謀而合。那緹以自身經驗為筆，將專業知識與生命體悟化為平易文字，引導讀者理解：臨終照護的終極目標，是讓患者在生命最後一刻保有尊嚴與安寧。

書中所述故事，實為現代醫療體系中常見卻常被避談的課題。儘管多數人對此並不陌生，直接面對現實卻須莫大勇氣。期盼讀者能體會作者的用心良苦，更盼社會大眾共同關注臨終關懷與安寧療護的推動——尤其在高齡化社會的當下，此議題更顯關鍵。本書以溫暖筆觸叩問生死，兼具專業與人文關懷，實為值得一讀之佳作。

自序

工作多年的醫院位處交流道旁，網路上又別稱交流道醫院。因為地處便利，滑下交流道後不到五分鐘路程即可抵達，占盡地利之便，也吸納許多北區病人前來求醫。

如果《那些年，在婦癌科病房發生的鳥事》一書，傳達出人生的美麗與哀愁，以及人生中許許多多的無奈。那麼《我的病人是老師》想要透過這些婦癌病人的故事，讓您體認更多人生中看似很近卻又有點不可及的事情，必須趕緊把握並急起直追。

《我的病人是老師》的故事開始於每日工作起始，透過查房、幫病人身體檢查評估與相互溝通之中獲得生命體認。希望透過這些分享，讓您也能反思人生，不要落入和病人們一樣的悔恨與悲傷之中。我總是告訴病人，我不只是妳的專科護理師，除了提供臨床照護與衛教之外，也能給予心理支持。只要病人願意，我也可以是她的朋友。病人有煩惱或心事無處可以傾訴之時，我也能充當清道夫讓她們把垃圾傾倒出來。雖然我不一定能提供什麼靈丹妙招，但是接收垃圾或聽她們訴苦，這也是種另類的心理治療。

這些故事皆為真實發生，考量保護當事人，已將人物、病況、年齡等得以辨視之個人資訊內容改編。若問我這些故事的真實性，我只能這樣告訴你，故事的成分是100％天然。其中65％探究人性的真實與殘酷，25％引發你內心深處的柔軟，10％是我審度過後的文辭。

有時我會自詡是病人的好朋友，最後卻發現病人其實是我的老師。透過這些相處的過程中，她們教會我許多學校沒有教習的事情。是那些事情，讓我深刻有感，且聽我娓娓道來，關於這些病人透過他們的生命故事，所教導並傳達的人生道理。希望從這些真實生命中萃取而出的故事，從中讓我們看見人生中的無奈、挑戰，進而反思什麼是你想過的生活？而現在又是過著什麼樣的生活？是你想過的人生？還是努力掙扎著？人生不過短短數十年，短短一世，在盡頭即將到來的時刻，你的今生是無悔？還是充滿許多憾事？

這一次，讓我們走入病人的生命故事裡，從他們的故事中品味人生，並反思如果是我遇上了一樣的境遇，我又會如何？或許這些事情沒有標準答案，也沒有一定的順序，但是體悟人生的道理，最終都相同。

目次

第一章　大師開示

忙碌整個上午，正預備走進休息室喝口水喘息一番，卻被一位美女喊住。停下腳步後一臉呆萌地望向她，我不記得認識面前這位大美人呀？

「請問妳是？」面上掛滿問號，我盯著眼前這位身穿短裙，手拉登機箱的美女，搜尋腦中記憶庫卻沒有半絲線索。

美女摘下太陽眼鏡後笑咪咪望著我，「唉呦，是我啦。穿成這樣就認不出我啦。」此刻我才認出這位大美女是老病人美華，目前正在接受化學治療的卵巢癌第一期患者。

「哇，抱歉。」我急忙道歉，「美華，妳打扮成這樣，實在太美了。我根本認不出來。」

美華哈哈大笑後說：「瞧妳說的，總不能讓我一直當大師吧。」

會自稱為大師並非褻瀆僧侶，而是癌症病人對因化學治療副作用落髮後的自我嘲弄。但是，我認真說，這些病人大師們，其實也透過體驗人生後，體悟出不少人生大道理。相信嗎？其實人生處處都充滿禪意與道理。不相信嗎？且聽我與你們細細分享，緩緩道來。

美華未滿五十歲，因為月經紊亂到門診求治，安排超音波後發現卵巢腫瘤，手術後確定是惡性腫瘤第一期。本以為手術過後便不用接受後續治療，可以觀察就好。但是因為腫瘤細胞型態屬於惡性度頗高的亮細胞癌（clear cell carcinoma），所以林怡津醫師（大家都叫她林P，她是我負責的主治醫師之一）安排後續仍需接受六次的化學治療，減少復發機率，因此美華開始了每隔三週的住院化療日程。

而第二次入院化療的某天中午，我去病房查房，那時候她與隔壁床病人正在吃著香噴噴的牛肉麵。話還沒說幾句，我望著她頭頂的汗珠，接著拿起一旁的面紙遞給她。

「吃熱呼呼的牛肉麵，很舒爽吧。」我微笑望著美華。

美華接過面紙擦著汗，「超舒服的，這是住院我才敢這樣放開膽，大口吃這種熱呼呼的食物。」

這又是為何？我一臉問號地望著美華。

「戴著假髮或是帽子吃這種熱湯的東西，汗流浹背的很不舒服。而且如果把帽子拿掉，可能又會引來他人的異樣眼光。」美華帶點無奈地望著我，「在醫院裡我都很自在地頂著大光頭，因為在這邊大家都一樣，不會有人在你背後指指點點。但是到醫院外面，我都會盡量維持良好形象。」

「就是說呀。」隔壁病友也有同感。「專科護理師，我都是趁著住院期間，吃上一大碗牛肉麵，既可以大口喝熱湯不必擔憂汗流浹背，再來牛肉補血，也能補充一下血紅素。」

美華望著我以戲謔的口吻說道：「樂樂，妳想想看，如果一個大光頭在牛排館裡切牛排，大口吃肉，旁邊的人一定覺得這不知道是哪裡偷跑出來的師父在偷偷開葷吃肉。」

此話一出兩位病人一起笑起來。雖然這句話像是笑話，但是裡面卻隱藏著癌症病友們的無奈與心聲呀。

罹患癌症已是一個嚴峻的考驗，偏偏治療中除卻噁心嘔吐疲憊等不適副作用之外，掉髮這項影響外觀的反應，確實讓癌症病友們感到傷腦筋。

雖然現今可以透過頭巾、帽子與假髮來克服，但其實碰上炎炎夏日或是想吃上一頓熱呼呼的餐食時，除了滿頭大汗不舒服之外，還得顧慮到拿掉屏蔽物之後，他人的異樣眼光。

一般大眾對於光頭者，會直覺想到僧侶或師父等茹素之人。但是一個光頭女子，開心吃著牛肉麵或切牛排，張著口大啖肉食，畫面的確容易引來不友善的眼光。

「唉呦，師父居然偷偷開葷欸。」

「還故意不穿袈裟，看她的光頭，想也知道是出家人。」

「怎麼可以這樣偷吃肉呀，師父不是要慈悲為懷嗎？」

然而，其實正在吃牛排或牛肉麵的這位光頭美女，並不是出家人。反而是正在接受治療的癌症病人，吃牛肉對她來說既可以補充蛋白質，亦能提升些許血紅素。

面對世俗眼光，癌症病友們大多選擇在外盡量維持正常外觀，避免因為光頭而引來他人投射的目光。當然有時候不一定是不友善的目光，而是些許憐憫之意。但是對癌症病友們來說，或許這是最不需要的部分，他們期望能更被了解與接納。

除了美華的故事外，我另一位病患小美也曾經跟我分享過一次搭乘捷運時的經歷。

因為家人大多忙著上班無暇照顧她，所以有段時間她打完化學治療後便獨自辦理出院，並搭乘捷運返家。某次出院後卻發生了一件讓她心靈受傷的事件，那次過後她便決定以後出院要坐計程車，不要再搭乘捷運返家。

那是小美進行第五次化學治療，因為化學藥物會有累積作用，所以一般癌友的經驗是越打到後面體力越差。辦理出院前，我特意叮嚀她除了注意自身安全外，還有小心這次化學治療後的疲憊感會比前幾次嚴重。

小美個性大咧咧的，只見她對我不在意地搖搖手，「不會啦，妳放心，我會注意的。」

我依舊有些許擔憂，雖然小美跟其他病人相比，年紀較輕體能好一些，但是化學藥物可不是吃素的。

「小美，妳要不要搭計程車回家，別去搭捷運了。一方面是捷運人多，剛做完化學治療擔心會提升感染風險。另外一方面是萬一沒有位置可以坐，妳一路站著回家去，會很辛苦。」

「不會啦。」小美微笑望著我，「妳放心，我是病人欸，一定會有位置可以坐。」

我想想也對，至少小美可以坐博愛座。

「那好吧，妳自己多小心喔。」

小美笑吟吟地拿好出院文件，換上便服與戴好假髮後，漂漂亮亮地拉著行李箱離去。

像小美這般活力有朝氣的病人，為了不麻煩家人，大多獨自來住院治療。而化學治療的副作用高峰期大多落在治療後一周內，當時我想小美返家的這段路上應該不會有事。也就沒有繼續多想，直到幾週後小美來住院接受第六次化學治療，告訴我上次出院搭捷運時發生的事情。

小美一如往常搭上捷運，但是那天車廂裡的座位都有人坐，只剩下博愛座位是空著的。她想也才幾站而已，於是直接坐在博愛座上。

剛坐好沒多久，小美就感到突發一陣暈眩。幸好有位置可坐，不然真要站到回家附近那站，說不定會暈倒在車廂裡。

下一站上來許多人，一位抱著孩子的媽媽站在她身邊，但是小美因為暈眩感而閉著眼睛歇息，所以並未發現。

此時突然有人拍拍她的肩膀後說：「小姐，不要故意假裝睡覺，妳身邊有抱著孩子的媽媽，可以請妳讓座起來嗎？」

小美倏地睜開眼睛卻感到暈眩感更重，她望著眼前的男子。

只見男子繼續叭啦叭啦地說道：「小姐，我看妳好手好腳的，不要霸占博愛座，趕快起來讓座吧。有人比妳更需要這個位置。」

小美頭暈得厲害，望向一旁果然有位少婦手抱嬰孩，也不想與人辯解，於是突然起身卻一個踉蹌直接跌回位置上。

「抱歉抱歉，我不是故意占用博愛座，我也是剛剛打完化學治療出院而已。」小美解釋著並拉著一旁的把手掙扎著想站起身讓座。

「既然妳不舒服就別起來了。」一旁的老伯伯出聲說道：「來來來，抱孩子的小姐，我的位置給妳坐。」只見老伯伯起身讓位。

手抱嬰孩的少婦連聲抱歉推卻，「沒關係，我下一站就下車了。」她連忙關心小美道：「小姐，妳還好嗎？沒事吧？」

「我沒事，謝謝妳。」小美勉強抬頭望著少婦，「不好意思，我不知道妳帶著孩子需要座位。」

「沒關係，妳比我有需要。不好意思，我不知道妳是剛剛打完化學治療的病人。」少婦反而感到抱歉。

此時方才出言希望她讓座的男子也連聲道歉，「不好意思，我不知道……」

「沒關係。」小美明白此刻她的外觀像個正常人，也難怪一般民眾會有所誤會。只是這次經驗讓她明白，或許經歷過幾次化學治療後體力已不如以往，未來的療程結束後，還是多花點錢搭乘計程車返家吧。

當然或許有人會說，博愛座的規範並非強制讓位，而是優先禮讓給有需要的人。而何謂有需要的人呢？除了年邁、孕婦、病人或是帶著孩子的人以外，或許無法從外觀來斷定他們是否有需要。

其實如果有心，所有的座位都可以是博愛座。不一定要被劃出不同顏色的位置，才是博愛座。大眾運輸裡所有的座位都能提供給有需要的人，不是嗎？

而小美的經驗告訴我們，千萬不要因為外觀便認定別人是否為健康群體，有些疾病於外觀上並無異同。

先前看到新聞報導，一位工作超過十二小時的上班族，因為身體疲憊所以搭乘捷運的時候坐在博愛座上休息。一位年邁長者認為她沒有資格占用座位，而嚴厲地要求她立刻起身讓座。上班族覺得委屈難受，甚至自撞鐵柱扶手當場濺血，引來眾人側目。

其實博愛座的立意本為良善，希冀大眾把博愛座當成互相包容相讓的座位。並非年長者才能坐，而是身體不舒服的民眾皆有使用的權利。

我本擔心剛做完化學治療的小美，在人潮擁擠的交通運輸工具上，不慎被感染而住院。殊不知，其實看不見的人心遠比這些細微的病毒細菌還可怕。細菌病毒還有藥可以治療，但是被刻意的惡毒言語所傷之後，不知得多久時間方能療癒恢復。

而人與人之間都必須多些包容與了解，也不要刻意標籤化某些群體。這群可愛的癌友們，透過各種不同的人生經驗與體會，傳達許多人生中意外的道理。

互相包容與了解，更多善意的對待，都會使人與人之間的相處，更加融洽且美好。

另外癌症病人因為化學治療的副作用，導致頭髮掉光光變成大光頭。美華在病房裡面吃牛肉麵滿身汗，戲稱只能在醫院裡吃熱呼呼食物才能這般自在露出光頭。只因為擔憂他人目光並且誤會，師父怎麼可以這般大咧咧地偷吃牛肉麵呀。

病友們也分享，所謂的大師還是有偶包的。當他們外出時都必須隱藏身分，避免被認出來偷吃肉以後，屆時被網民們網路肉搜，那就糟糕了。

我看著病人自娛娛人，又心疼他們這般辛苦，除了要積極抵禦癌細胞，還得接納世俗眼光的偏頗言論。病人們卻安慰我，要樂觀積極看待人生，即便罹患癌症很慘，但這也是老天給他們一次重開機的機會。可以重新檢視人生，過去是否太過操勞虐待身體。透過這次機會開始新的人生，從大師們身上，我學會樂觀積極看待人生呀。

第二章　天邊孝子與加州女兒

近年來，醫療界普及推廣DNR，希望疾病進展到末期之時，能讓病人有尊嚴地離開，而非被過度醫療介入，一方面有醫療浪費之嫌，一方面病人不得善終。然而，臨床上的我們，有時候被天邊孝子所深深困擾。

所謂天邊孝子症候群，是指加護病房的重症病人，經常會突然出現平常不在病人身邊照護的子女，出現後就批評醫療團隊的治療，責怪平日在負責照顧的家人，埋怨他們為何要放棄，反而採取安寧療護？即使是疾病末期已回天乏術，雖然大家經由多次討論，決定要讓長者能有善終，但是這位孝女或孝子仍堅持要救到底。結果讓病人身上插滿了管子，心外壓胸按壓導致肋骨斷了好幾根又七孔出血，使得長者無法有尊嚴地離開。

身為醫療者的我們，面臨這種情況，往往心裡面百感交集。尤其是與病人相處久了，也都清楚病人在意識清楚時，已明確表達在面臨生命最後一刻的當口，希望有尊嚴地離去，而非被壓胸、電擊與插管，作盡一切醫療上的處置。

偏偏，就是會有像程咬金般殺出的家屬，否定病人之前所簽屬的DNR，然後要求我們要救到底。

到底是為了啥？每每當我想問，卻又問不出口。

秋香阿姨就是一個血淋淋的案例。她是個子宮頸癌末期患者，因為從未作過抹片，所以等到陰道出血求醫時，已是第四期末。不止子宮頸、子宮腔、雙側骨盆淋巴結，還有肺部及肝臟都有轉移跡象。

針對子宮頸癌末期的治療，一般採取化學治療合併放射線治療，如果病人口袋夠深，也可以考慮質子或光子治療。

秋香阿姨有三位子女，都已經成年上班，因為家境普通，所以選擇採取健保給付的治療方式。在第一輪治療後，發現子宮頸腫瘤有部分縮小，但是隨即發生了放射性膀胱炎的情況，阿姨只得住院接受後續治療。

直到某天秋香阿姨突然癲癇發作，緊急安排電腦斷層後，發現腦部有新的腫瘤，也就是說癌症已經轉移到腦部。

在秋香阿姨住院期間，大都是由小女兒跟二兒子輪流照顧，直到腦部轉移後，遠在中國大陸工作的大兒子終於現身在醫院。

當天，林怡津很詳細地把秋香阿姨的病情與現況向大兒子解釋清楚，也告訴他後續將安排腦部的放射線治療。但是依照目前的研究來說，治療的效果很有限。

大兒子安靜地聽著，久久沒有回應，後來抬頭望著林怡津說道：「林醫師，我媽媽本來都好好的，怎麼會突然就變成這樣子？」

好好的？大兒子上次見媽媽是多久以前的事情了？莫非，這次住院治療的事情他都不知道嗎？

林怡津很常面對這種狀況，她駕輕就熟地解釋說道：「我們接手阿姨的時候，就已經是子宮頸癌末期，這種狀況下，治療好的機率本來就不大，之前我已經跟你的弟弟妹妹說明過了。」

一旁小兒子跟小女兒也趕緊點點頭。

但是大兒子似乎不打算買帳，又追著問道：「我有接到弟弟的電話，可是那時候他告訴我，媽媽已經在醫院治療了，那既然有做治療，怎麼會那麼快就變得這般嚴重。」

「先生，雖然我們有針對腫瘤進行治療，但是治療效果還是要看個人反應。」林怡津堅定地望著他，「有的人效果好，也有的人效果差。」

「那我媽媽不就比較倒楣，是效果差的那一個。」只見大兒子輕嘆口氣後喃喃自語說道：「我還沒結婚，也還沒生小孩，我不能沒有媽媽。」

我以為聽錯了，望著小兒子和小女兒，只見他們似乎偷偷在翻白眼。

林怡津似乎沒聽見後面那一句話，又接著解釋說道：「先生，我們會盡力幫助秋香阿姨，但是請你要了解，治療癌症跟治療感冒不一樣，癌症的進展與變化很快，有時候我們會追不上癌細胞的腳步。所以請你一定要有心理準備。」

「心理準備？」大兒子有點吃驚地望著林怡津，「是什麼樣的心理準備？」

「也許阿姨的病情會快速變化，會到抉擇是否接受插管急救的那一刻。」林怡津習慣先把話說在前面，「子女們要先有共識，如果真到那個階段，你們是否要選擇放棄急救。」

「當然要救到底。」大兒子立刻否決了DNR這個選項，「我是長子，還沒結婚生子，媽媽要是就這樣走了，她一定會死不瞑目。」

「如果是這樣，那我勸你，要結婚就趕快結。」林怡津很誠心地說出判斷，「趕緊結婚，讓秋香阿姨開開心心地，也算是了結她一樁心事。」

但是大兒子卻輕嘆口氣後說：「可是我還沒有對象。」

瞬間氣氛凍結，這樣子似乎就比較難辦了。不過家家有本難念的經，這也不是我們醫療人員可以協助幫忙的部分。

總之，我們與秋香阿姨大兒子的第一次會面，就這樣結束了。後續大部分時間都由大兒子在醫院裡面陪著秋香阿姨。

這類許久未與親人見面，從天邊拉回到身邊。而他原本記憶中身體健朗的家人，一瞬間變成臥病在床。因為與原本的記憶大相逕庭，所以容易會有內疚而迫切想要彌補的心理。這類天邊孝子會急於要表達自己，也因為對病人有內疚，所以有時候會對醫療人員充滿不信任感與敵意。

這時候我們對於願意付出的人都要給予肯定，也要協助他們解除內疚，他們才不會不理性地把自己的內疚，轉換成對醫療人員的挑剔與不滿。

大兒子每天都幫秋香阿姨準備很多不同種類的吃喝美食，也勤於幫秋香阿姨作些手腳按摩。關於這些情況我們都覺得很正常，畢竟這種補償心理，發生在天邊孝子身上很合理，只是後續的事情發展卻變得有點奇怪。

先是護理師葉心收到了大兒子送的咖啡跟點心，還有一張小卡片，卡片中還夾著一張電影票。葉心初出社會，還是小嫩雞一枚。當下她被突如其來的禮物嚇歪，膽小的她又不敢獨自到病房退回這些東西。後來由另一位護理師齊雲出面幫學妹解決這件事情，結果隔天換成齊雲收到一支玫瑰花和卡片以及那張電影票。

我知道這件事情後，一直拿這事情來嘲笑齊雲。

「欸，齊雲，妳就答應他的邀請嘛。」我打著哈哈笑話她，「我覺得大兒子挺不錯的。」

「挺不錯的，妳去呀。」齊雲沒好氣地說道：「如果妳想要，我可以去跟他說妳有興趣。」

「欸，謝謝喔。」我趕忙揮手拒絕，「我對天邊孝子沒有興趣。」

「要是第一時間給我就算了，先被葉心退還之後才來找我。我又不是候補的備胎。」齊雲生氣地說著：「好像我不是他的第一選擇一樣。」

「原來妳在乎這個呀，不如這樣，我來跟他說，你們換個方式好了，不看電影改去看舞台劇，好不好？」我看似要促成這件事，但我早知道齊雲有感情穩定的男朋友了。

「不必。」齊雲沒安好心地望著我說：「我已經拒絕他了，還跟他說我喜歡女生。」

我瞇起眼睛，面上充滿讚賞之情，以前還真是太小看這傢伙了。

齊雲接著又說道：「我還告訴他，我的女朋友是妳。」

我差點被口水嗆死，什麼？齊雲還真是吹牛不打草稿。

「齊雲，妳真的假的？我們啥時變成男女朋友了？」不過這個擋箭牌擋得好呀，如此一來，那張電影票便不會再輾轉落到我手上。

齊雲點點頭後說：「所以他就不會再來煩妳跟我了。」

我對齊雲比出讚的手勢，這下子我與齊雲等同有了免死金牌在手。

大兒子的護理師選秀活動，並未因此而停下來。從我們病房到另一個婦癌病房的護理師，他一個接著一個地嘗試，連新婚的學妹都被他擋在電梯口告白。

他的所作所為，都是為了想要趕緊找個新娘結婚，好讓媽媽安心。

但這一切總是事與願違，找了一大圈，沒找到新娘候選人，他倒是成了婦癌病房裡的電車癡漢。

而這些流言蜚語也傳到他妹妹耳朵裡面，某次妹妹來看媽媽，藉機跟哥哥說，要他稍微收斂一些。護理師的工作是照顧病人，可不是讓他選秀甄選女友，況且倘若有心要結婚，早八百年前就該結了，幹嘛非要急在這時候？

妹妹這些話讓他茫然了。回想這些年他長年在外，無法承歡膝下，心中已十分愧疚，一有機會回來，總想盡力補償一下。難道想要趕緊找到女朋友結婚，好讓媽媽開心一下，反而變成了一個大笑話？

因為妹妹的話語與勸戒，終於病房選秀活動暫時停止，只是他的內心依舊還有這個夢想，每每護理師進入病室，他的一雙眼睛總是跟著護理師的動作轉呀轉的。幸好除了眼睛直盯之外，他老兄沒有再出現一些奇怪的行為。或許這件事情算是另類的病房笑話，不過我們秉持護理專業，不會因此對阿姨的照護打折扣。但是如同林怡津所預測的，秋香阿姨的情況不如預期，反之有逐日走下坡的傾向。

最先出現的是呼吸困難，因為阿姨的癌症轉移到肺部，癌細胞影響正常的肺泡細胞的氧合功能，所以逐漸讓阿姨覺得呼吸不順暢。我們便安排讓她開始氧氣治療。從簡單的鼻套管到氧氣面罩，氧氣濃度逐步升高，跟著面臨到是否要進行呼吸道插管的課題。

當林怡津把問題拋出去之後，大兒子很果斷地說：「我們要插管，我們絕對要救到底。」我站在林怡津後方，心中暗罵著這位孝子簡直是瘋了，另外還要忍住出拳揍他的衝動。

林怡津鍥而不捨地帶他回到護理站，把阿姨的胸部X光片打開給他看，跟著解釋說道：「先生你看，這是秋香阿姨的肺部，正常的肺部是充滿空氣可以被X射線穿透，所以片子上會呈現黑色。」只見她比著X光片上的一團團白色塊狀物後說：「這些都是被癌細胞侵襲轉移的部分，白色的地方代表沒有空氣進入，無法進行氧氣交換，這是讓秋香阿姨呼吸喘的根本原因。」

林怡津轉過頭望著他很誠懇地說：「就算插管也只是暫時解除了呼吸困難的狀態，最根本的癌細胞問題沒有解決，呼吸狀況不會改善，插管只是讓阿姨的痛苦時間延長，對於癌症治療沒辦法幫上任何忙。」

「林醫師，妳知道的。」大兒子望著林怡津後說：「我不能沒有媽媽，我不能失去媽媽。我媽媽一定要活著，我不能讓媽媽就這樣走掉。」

林怡津似乎明白他聽不懂我們想要表達的意思，於是繼續解釋說道：「先生，到這個階段來說，阿姨的情況已經無法用任何治療來處理癌症，所有的治療都只是希望緩解她的不舒服。插管之後雖然好像可以讓她繼續活著，但是肺功能仍然會持續走下坡，因為癌症問題沒有辦法解決。插管後，阿姨要被挪移到加護病房，到時候你也沒辦法常常陪在她身邊。」

「你們幫她插管，沒關係，讓我媽媽插管。」大兒子的腦袋跟石頭一樣硬，似乎已經無法聽進任何意見，「醫師，我只要媽媽活著，我不能沒有媽媽。」

看來無論林怡津怎麼說他都聽不進去，我站在一旁突然開口說道：「還是先生，我請安寧共照師來跟你談談。」

「安寧共照師？」大兒子有點疑惑地望著我。

「嗯，只是跟你聊聊而已，沒有要你們馬上接受安寧治療。」我急忙解釋著，擔心他誤會我的意思，「像阿姨這類末期病人，都可以先跟安寧共照師聊一聊，她也會提供你們一些相關資訊。」

大兒子當下並沒有反對，我還挺好奇如果楊佳齡來跟他聊安寧的事情，他會有什麼反應？於是我便給楊佳齡打了電話，把秋香阿姨的情況跟她詳細報告，然後讓她找時間來跟他們母子聊聊。

同時間，我手上來了一位新病人，是從其他醫院轉來的復發個案。會從其他醫院轉來，不外乎幾個原因，想尋求第二意見或是對我們醫院有信心？抑或者對前一家醫院沒有信心？

總之，這類病人轉到我們醫院，必定懷抱著極大希望，祈求能把疾病給醫治好。但是對我們來說，卻有極大的考驗及挑戰。畢竟，癌症治療不比擠青春痘呀。擠青春痘只要時機成熟，一出手便可成功。癌症治療牽扯到許多面向，包含癌症期數、癌細胞種類與是否轉移等等。

我有時候會想，如果當年轉行去醫美工作，會不會心情輕鬆得多？但是齊雲告訴我，以我這種喜好行俠仗義的個性，去醫美工作只會感到憋屈難耐不會更好。

轉來的患者叫李美晶，是個大學退休教授。兩年前診斷出卵巢癌在外院接受手術、化學治療與標靶藥物治療。這次因為自覺治療效果不佳，所以輾轉來到我們醫院，希望可以有更好的治療方式。

李美晶來到我們醫院的時候，情況不是很好。呼吸急促、肚腹腫脹、雙腳水腫，但是上肢細小且羸弱，看一眼便知道是癌症惡病質。說真的，如果我是她，我寧願趕緊四處去遊玩，實現先前的心願清單。因為以這種狀態，距離離開這美麗的花花世界，約莫只剩一到兩個月。除非有奇蹟出現，但是奇蹟這種事情，應該比中樂透還要困難。

陪著李美晶的是小女兒，首度見面時林怡津仔細看過相關病歷後，也跟小女兒很詳細地針對病情、治療方式與預後解釋過。小女兒了解，媽媽的生命即將走入最後的階段，也表達願意了解安寧療護的過程。

於是，林怡津處方了相關緩解疼痛的藥物，並且交代我請楊佳齡協助病人及家屬了解相關安寧療護，並且問問看病人還有沒有什麼心願，是我們可以幫上忙的。

不問還好，一問這件事，美晶一直掉眼淚不說話，小女兒也坐在一旁跟著掉眼淚。由於我跟她們還不是很熟稔，所以不是很清楚箇中情況。此時先轉介給楊佳齡協助了解，後來才知道她們家的故事。

原來美晶與前夫已經離婚多年，當年她生了一對雙胞胎女兒，後來在小孩十五歲的時候，因前夫外遇而離婚，當時大女兒跟著前夫移民去了新加坡。

多年來，美晶與大女兒都有聯絡，但是生病這件事情她與小女兒並沒有讓大女兒知曉。因為美晶覺得一定會好起來並恢復健康。讓她最傷心的事情是，大女兒半年後要結婚了，如今她不但不能去參加婚禮，也可能沒機會活到那時候。

我靜靜聽完後對楊佳齡說：「美晶依舊不打算跟大女兒說現在的情況嗎？」

楊佳齡搖搖頭，跟著嘆口氣後說：「阿姨很堅持不要讓大女兒看到她現在的樣子，希望在女兒的心目中留下最完美的模樣。」

的確，癌症末期的病人因為遭受癌魔侵襲，不止面容憔悴，連整體身形都不好看了。美晶也是愛美一族，自然不願意讓大女兒見到現在的樣子。

「唉，可是現在不看，以後就只能瞻仰遺容了欸。」我搖搖頭後說：「而且，阿姨難道不怕之後大女兒會責備小女兒。」

楊佳齡連連點頭後看著我說：「小女兒也勸媽媽，畢竟已經是人生最後一段路了，應該沒有任何遺憾才是。可是美晶很堅持不要告訴大女兒。」

這樣子就難了，如果病人本人不願意，其他人繼續強迫也沒有什麼意思了。

但是，這樣做真的對嗎？

楊佳齡走後，我暗自思索應該怎麼去幫助這對母女，既然心結在美晶的身上，那麼我何不去闖闖看？試試看與她好好聊聊？

女性天生愛美，是否美晶擔憂自己留在女兒心目中的媽媽形象，不再是完美的樣子？

於是，我利用中午空閒時間，來到美晶的病房，那時候小女兒並不在，她獨自躺在病床上閉目休息。

「美晶，是我。」我走到床邊拉了椅子坐下來，「妳今天還好嗎？」

李美晶睜開眼睛望了我一眼跟著微笑說道：「還好，林醫師的藥很有效，已經沒有那麼痛了。」

我點點頭跟著又問她：「昨天佳齡共照師有來幫妳按摩腿，有比較舒服嗎？」

「嗯，好很多。」李美晶指著一旁的按摩霜，「我很喜歡按摩霜味道。」

楊佳齡為病人按摩時都會順道拿點中醫部配置的按摩霜，最近是廣藿香的味道，我個人也很喜歡。

「按摩霜的味道我也很喜歡。」我拿起霜體盒子後說道：「不會很膩，是一種很清新的味道。」

李美晶突然像打開話匣子般說著，「我家裡還有其他精油，我最喜歡柑橘類的香氣，以前都在家裡面點著，讓屋子裡都香香的。」

「很好呀，妳也可以帶來，然後放在攜帶式的擴香機裡面。這樣病房裡也會香香的。」

李美晶眼睛一亮，「可以嗎？」

「我記得有那種裝電池或是充電式的小台擴香機，妳用那種機型就好啦，不要搬水氧機過來，那種太重了。」

李美晶點點頭後說：「太好了，我家裡還有一些女兒從新加坡寄來的精油，我再讓妹妹回家去拿來。」

李美晶都習慣叫小女兒：妹妹，而從新加坡寄精油的，應該就是大女兒了。

「美晶，妳大女兒也喜歡香薰嗎？」

「她是芳療師，那些精油跟機器都是她買給我的。」李美晶提到大女兒就打開話匣子般停不下來，「女兒教我很多香薰的知識，對多數人來說，柑橘類的精油像是甜橙、佛手柑、葡萄柚、檸檬等，都可以提振原先低落、無力的情緒。因為其中激勵人心的檸檬烯，只要在愁眉苦臉的時刻聞到柑橘類的香甜清新，似乎就能舒緩原本緊皺的眉頭，重新感受到輕盈的活力。」

我看著她接著說道：「妳最近不就很需要嗎？」
李美晶突然低下頭連連嘆氣，「可是，我還是沒有信心。」
「美晶，當我們對自己缺乏信心的時候，就很容易產生負面的想法。所以妳一直都陷在悲傷的情緒裡面。」我握住她的手，「我知道，妳現在感覺到很困難也很煩躁，因為妳面臨到一個人生的交叉點。」
美晶聞言便哭了起來，然後對我說道：「其實我很害怕，我是不是快要死掉了？」
我拍拍她的肩膀安撫著她。
「我一直都很樂觀堅強地去面對這次生病，可是為什麼不會好起來？我很努力地做治療，打針以後會吐，我告訴自己要堅強要面對。會掉頭髮，我還是告訴自己沒關係，反正以後還會長出來。」美晶難過地直掉淚，「可是，現在你們卻告訴我，我時間不多快要死掉了，我真的沒有辦法接受呀！」
我輕輕地握住她的手後說：「美晶，我明白妳現在很害怕。我不會強迫妳堅強面對，因為每個人在面臨這個時刻，都是害怕又擔憂。」
美晶淚眼汪汪地望著我，我知道她的內心委曲極了，對她來說，該做的治療與該打的藥，她一樣沒少。該受的折磨、該吃的苦，她一樣都沒減。但是治療的結果卻如此不佳，對她來說是無法承受的苦與痛。
「妳有用過甜橙精油嗎？」我問她。

美晶點點頭，「曾經點過。」

「甜橙精油會帶來溫暖的感覺，我喜歡在下班的時候點上甜橙，讓溫暖的感覺包圍住，也能讓解除煩悶的思緒。」我望著她後說出自己的感想，「美晶，我知道現在妳的心裡有許多不解與困擾。我只能告訴妳，身體上的病症，只要曾經努力過，妳就已經很棒了。也許最後，妳無法如願完全清除癌病，但是我希望妳可以思考一下，接下來的時間，妳還想要做些什麼？」

美晶帶著疑惑的目光望著我，「我還能做些什麼嗎？」

我點點頭，「什麼事情都可以呀，先把妳想做卻還沒做的事情寫下來，我們叫做願望清單。妳可以稍微整理一下這段時間以來，自己內心雜亂的想法。」

「我……」美晶輕輕嘆口氣後說：「我一直希望可以看見女兒穿上白紗，嫁人幸福一輩子，可是……」她掩面然後傷心地哭了起來。

「妳當然可以呀。」我曾經幫助過一位年輕病人完成拍婚紗照的心願，我想如果美晶願意，自然也能再次大膽嘗試。

美晶抬頭望著我，疑惑地說道：「可是我從來都沒有讓大女兒知道我生病的事情，那現在我是不是……」

「那是妳的選擇，如果妳願意讓大女兒知道，就還來得及讓她陪伴妳走過這最後一段時間。」我拍拍她的手，「如果妳想要跟大女兒一起拍美美的婚紗照，我也可以盡力幫助妳。」

這個提議讓美晶眼睛一亮，似乎有打動了她。我且讓她可以安靜再思考一下，於是乎就先退出病房。美晶應該會好好思考一下我的提議，而我趕緊去聯絡我的好友陳榕瑤。

當然，陳榕瑤知道後也是義不容辭地應允下來，萬事俱備只缺東風，現在只需要等美晶點頭答應。

另外，我擔憂美晶的肚腹脹大，在尋找禮服上有相當難度。陳榕瑤跟我打包票，這都不難辦，她甚至還讓攝影師弄來了背景布幕，可以在病房裡稍微布置一下。這是因為美晶的活動力與年輕病人無法相比，所以要取外景照相比較困難，於是攝影師想辦法借來簡單布幕，希望能營造出溫馨的氣氛。

而美晶與我談過又思考兩天以後，她親自打電話給新加坡的大女兒，告知目前的病情與現況。在電話兩端，母女倆哭得眼淚汪汪。面對母親隱瞞病情大女兒雖然很生氣，但是聽到美晶的現況不好便想立刻飛回臺灣。

後來小女兒告訴我，姊姊會在五天後回來，屆時還需要林怡津再度解釋病情。

這些都是人之常情，我們也都能盡力配合。終於等到那天到來，約莫近中午時分大女兒風塵僕僕從機場趕到醫院。

初次見到大女兒，對她印象還不錯。她衣著簡單整齊，身上散發淡淡香氣。

小女兒拉著姊姊來到護理站，經過簡單的自我介紹後，林怡津直接切入主題，從美晶初診斷到手術、化學治療等，還有後續復發後的療程，逐一向她解釋清楚。我站在一旁，看著大女兒從驚訝轉為憂心忡忡的面容變化，我覺得她的心中起伏變化一定很大。畢竟已許久未與母親見面，記憶中的母親應該是健康且有活力，加上分隔兩地所以大部分都以電話聯絡為主。當這次母親打電話告知罹患癌症，而且現在復發加上治療情況不理想，等同這一趟回臺是來見母親最後一面。

我望著大女兒的眼眶中慢慢沁出水霧，就從口袋裡掏出面紙靜默地遞給她。大女兒接過後，便忍不住地低聲哭了起來。

林怡津伸出手拍拍她的背部，安慰說道：「林小姐，我知道一時之間要妳接收這麼多資訊，妳的心裡一定很難受。」

大女兒搖搖頭後說道：「我已經三年沒有見媽媽了，上次見面她還好好的，那時候我們還一起去聖掏沙島遊玩，她還可以跟我一起游泳，那時候她的身體還很好。」她擦著眼淚後繼續說道：「我本來想等年底結婚的時候，等她過來新加坡再一起四處走走看看，怎麼會突然變成這樣？為什麼不告訴我？生病了得要讓我知道呀，為什麼要瞞著我呢？」

小女兒坐在一旁本來都沒有說話，這時候突然開口說道：「姊，妳不要怪媽媽。其實兩年前被診斷出來的時候，我一直勸媽媽要讓妳知道，可是她擔心妳會因為這樣，拋下新加坡的一切，跑回來臺灣照顧她，所以她不讓我告訴妳，因為她怕妳會擔心。」

大女兒嘆了口氣後說道：「怕我擔心？我也是她女兒呀，本來就應該要擔心她的。」接著搖搖頭後說：「還是她覺得我住得遠，所以認為我沒有辦法好好照顧她？」

「不是這樣的。」小女兒握住姊姊的手後說：「媽媽只是怕妳擔心，畢竟新加坡跟臺灣距離遠，不比臺北到新竹那樣方便。」

大女兒深吸幾口氣稍微緩解一下情緒後，望向林怡津問道：「林醫師，真的沒辦法了嗎？我媽媽的疾病，沒有其他辦法能夠治療了嗎？」

「這次的復發來勢洶洶，我仔細看過以前醫院的病歷，其實美晶能使用的化學藥物都已經嘗試過，但是效果真的很有限。至於最新的標靶及免疫治療，她也都已經嘗試過，效果並不好。所以我建議妳們接下來可以考慮接受安寧療護。」

大女兒突然哭著說道：「是不是前一家醫院沒有好好治療媽媽，所以才會變成這樣？他們有醫療疏失嗎？有沒有把能用的藥物都用上呢？」

大女兒的質疑，對醫護人員來說是一種無情的指控，畢竟我們都是盡心盡力照顧病人，也希望病人都能恢復健康，康復出院。但是有時候往往事與願違，因為治病不是上街買菜，銀貨兩訖，一手交錢一手交貨，並非只要治療就一定有效。一般的疾病，有時候會留下後遺症，更何況是癌症呢？

但是，對大女兒來說，因為已許久未見媽媽，再度相見就要承受可能是最後一次相聚，任何人都應該很難接受。

面對母親病重即將病歿，大女兒自然會先對這段缺席時間裡的醫療處置，產生懷疑：

你們有按部就班地治療我的家人嗎？在治療過程中，你們有盡忠職守嗎？醫療過程是否有疏失？是否有應注意而未注意到的部分？

而這一項接著一項的猜測與提問，其實是因為他們缺席了親人這段治療期間，所產生的愧疚感，進而轉化成對醫療團隊的質疑。

這是天邊孝子症候群，它的原意是來自國外有個很美的名詞叫做加州女兒症候群（Daughter From California Syndrome），起源於三十年前的北美洲，一個重病且老年痴呆的病人被收住入院，她五年未見的女兒在得知訊息後，立刻從遠方趕來醫院照顧。時隔五年，母女終於闊別重逢。看到昔日健康的母親病得如此嚴重，甚至連自己都認不出的時候，女兒才恍然驚覺，原來過去錯過這麼多時間。於是愧悔交加的她採取了一系列補救措施。在母親治療的過程中，儘管其他家屬已經決定採取讓病人舒服的治療方式，她卻要求盡一切可能維持患者的生命，撤銷由其他家屬簽訂的拒絕心肺復甦搶救（DNR）的同意書，並且威脅醫生，要求將患者立刻轉入加護病房，否則就要找律師起訴醫院。一連串脫序的行為，就是為了彌補自己曾經缺席的缺憾，但是卻造成病人許多無效醫療且增加無謂的痛苦。

這些過程對醫療人員來說，也容易造成相關困擾，本來離家多年的子女從遠方趕來病床邊照護，應該是一幅暖心和諧的畫面。但是實際上，在很多醫護人員看來，這些遠歸的子女們可能是加州女兒症候群的呈現。

此時，小女兒拉住大女兒的手跟著懇切地說道：「姊姊，這段時間都是我陪媽媽做治療，醫師還有護理師們都是很盡力地在幫我們。癌症不比小感冒，並沒有那麼容易治療。」

妹妹的話在理，姊姊的情緒也稍稍平復下來。這時候，我也趁機開口說道：「林小姐，我們真的很努力想要幫助妳們，可是癌症治療還是有極限與困難，我們真的都盡力了。」

大女兒點點頭，表示了解，跟著抬頭望著林怡津說道：「林醫師對不起，我剛剛太激動了，希望妳們不要怪我一時口不擇言，謝謝妳們這段時間的照顧。」

林怡津揮揮手表達不在意跟著說：「我想妳們接下來要好好利用這段時間，好好陪伴美晶。有什麼需要幫忙的，請告訴我們，我們會盡量幫忙妳們。」

女兒們連連點頭，這次的面談就順利結束。

後續大女兒接下了在醫院陪伴母親的照顧角色，她彷彿是要彌補這段時間的空白，對美晶的照顧樣樣親力親為。每日的洗漱、擦身更衣、乳液擦拭與全身按摩。因為她是芳療師，所以每天都把母親打理得很乾淨又香噴噴，連護理師都很喜歡進去那間病房。

而小女兒也沒有閒下來，我讓陳榕瑤的化妝師朋友跟她聯繫，安排後續拍照的事情。小女兒去到婚紗工作室，為她們母女三人挑選了禮服，化妝師也特地先到病房幫美晶阿姨與大女兒測量身材尺寸。然後就在一個風和日麗的日子，攝影師與化妝師來到病房，我們幫著吹了氣球與黏貼各式道具，把病房打造成一個臨時攝影棚。

化妝師巧手把母女三人打扮好，在病房裡拍下一張又一張美麗的沙龍照。

那天我看到美晶臉上都充滿了光輝，尤其是她看著身穿白紗的大女兒，眼眶裡盈滿了感動的淚水。本來以為已經沒機會參加女兒的結婚典禮，想不到居然有機會可以看到女兒穿著婚紗，還跟她拍下一張張美麗的合照。

一個上午的時間，她們母女三人共拍了近百張照片，後來在楊佳齡的提議下，大女兒讓未婚夫到臺灣，並且於病房舉行簡單的訂婚儀式，完成了美晶想要參加女兒婚禮的夢想。當天，陳榕瑤商請攝影師朋友前來進行婚禮紀錄，場面溫馨感人。

兩週後，美晶躺在病床上翻著那些相片，臉上都是滿足的笑容。大女兒也很滿意這些作品，美晶也選好未來於告別式中將要使用哪一張照片。

後來，我把美晶阿姨轉到安寧病房去，讓她可以在更溫馨的環境下，溫暖地走完人生的最後一程。

同一時間，秋香阿姨的情況也逐日走下坡，某天夜裡突然喘不過氣加上昏迷不醒，因為沒有簽署DNR同意書，加上大兒子拒絕接受安寧療護，所以值班醫師就幫阿姨放置氣管內管後轉到加護病房。

隔天一上班齊雲便拉著我不停地抱怨，原來昨夜當秋香阿姨病況危急時，大兒子在病室外跪地祈求上天，口中不停地唸唸有詞，希望老天爺放過秋香阿姨，讓媽媽活下來。

齊雲有點無奈地看著我，「這下子，我們是脫離了那位電車癡漢，但阿姨好可憐喔。」

「不知道秋香阿姨還要繼續痛苦多久？」我感嘆地搖搖頭，「這樣活著真的有意義嗎？」

「對阿姨來說，應該沒有什麼意思，但是對大兒子來說，他必須讓媽媽活著，不然他就沒有媽媽了。」齊雲望著我好奇問道：「學姊，妳知道為什麼他一定要媽媽活著嗎？有什麼理由？是財產還沒有分？還是有什麼特別的理由？」

「如果我知道就好了，至少我還能看情況幫幫忙。」我無奈搖搖頭，「可惜他從來沒跟我講過。大概因為知道我有男朋友了，所以跟我沒話說吧。」

我想或許到了加護病房以後，會有人去問問清楚，到底為什麼大兒子不能沒有媽媽？為何放不了手？一定要讓媽媽活下去？

人活著應該是無拘無束、自由自在地活，才有意思。像這樣被插管綁在病床上的活著，到底有什麼意義？

我個人很喜歡《一路玩到掛》這部電影，劇中兩位主角在醫院裡接受治療時認識，後來因為治療遇到瓶頸，為了完成心願清單，而毅然決然停止繼續接受治療，開始他們生命最後這段瘋狂的旅程。

從酒吧泡妹妹、登聖母峰、跳傘等等，一些以往想過卻沒有去做的事情，立刻起身執行。這又是為了什麼？就是希望在這短短的人生旅途中，不要留下任何遺憾。我對這部電影要表達的意涵感觸很深，因為往往在醫院裡，與電影中的劇情大相逕庭。

家屬因為深愛病人，而無法放手讓她走，所以他們會竭盡所能、想盡一切辦法，就是要多留下病人一年、一個月、一天、一分鐘甚至於連多一秒鐘都好。

但是，那樣的活著真的算是活著嗎？有時候我都想開口問家屬，這種被綁在病床上仰賴醫療支持的活命，拖延的是沒有意義的時間？還是有意義的持續活下去呢？

其實他們心裡可能都有答案，只是他們不願意面對現實。只求能多留親人活下來，那怕只有一秒鐘都好。

我原本以為秋香阿姨轉到加護病房以後，應該剩下沒有多久的時間。但在一週以後，我接到楊佳齡的電話。

她告訴我，明天下午在加護病房，將召開撤除秋香阿姨維生醫療的家庭會議。除了我與林怡津被邀請列席，還有安寧病房及加護病房的主任。

這場會議似乎隱藏一些祕密，我有點好奇地問楊佳齡，這段時間，秋香阿姨是否於加護病房中發生什麼事情。

楊佳齡告訴我，秋香阿姨的情況並沒有好轉，可是大兒子一直抱有極大的希望與期望。甚至一天會按好幾次加護病房的門鈴，希望跟主治醫師討論秋香阿姨的病情，並拿了很多資料，要求主治醫師能為阿姨提供相關的治療。

聽了這些，我的下巴就快掉下來，這位老兄還真是無所不用其極，真的只因為他不能沒有媽媽嗎？到底他的內心有什麼過不去的坎，讓他這樣無法輕易放手呢？

我跟林怡津詳細解說這些狀況，同時做好心理準備，明天這場家庭會議一定會十分精彩。到時候實際了解，到底大兒子有什麼要求吧。

隔天下午，我跟林怡津一起到加護病房的會議室裡，這場會議除了大兒子，秋香阿姨其他兩位兒女也都列席參加，另外還有加護病房趙安心主任及安寧病房邱主任出席參與。

趙安心主任先簡略講述自從秋香阿姨轉入加護病房後的情況，跟著望向阿姨三位子女們說道：「我想你們都很清楚，以阿姨的狀況，再繼續硬撐下去，身體的其他器官會逐漸衰竭，最後依舊會走上死亡的情況。」

這時候安寧病房邱主任接口說道：「秋香阿姨已經開始水腫，你們剛剛已經看到，阿姨的肚子、四肢、臉部都開始腫脹，也已經排不出來尿液，再繼續下去，可能會從皮膚滲水出來。」

大兒子突然插嘴說道：「你們沒有給利尿劑嗎？如果水腫就給利尿劑呀。」

「先生，我們的利尿劑已經用到最高劑量，但是阿姨依舊沒有排尿的跡象。」趙安心望著大兒子，似乎知道他會提出質疑，又接著說：「你剛剛應該也看到了，阿姨的尿袋是空的，這代表阿姨的腎臟已經出現衰竭的情況。」

「那可以洗腎吧，你們就安排洗腎，把身體裡的水洗出來就好了。」大兒子似乎也準備許多資料，也緊追著回擊說道：「我同意洗腎。」

「你同意也沒有用，阿姨的血壓不穩定，此時並無法安排洗腎，非常有可能洗到一半就要急救了。」趙安心立刻又把問題拋出來，「另外，阿姨的心臟狀態也不好，過去一天裡面出現過數次的心律不整，這都是因為身上的鉀離子排不出來的現象。」

「葉克膜，你們趕緊找人來裝葉克膜。」大兒子翻動著他面前的一疊文件，那是他特地找來的資料，只見他邊翻邊說道：「有辦法，一定會有辦法的。只要媽媽有呼吸跟心跳，一定有辦法繼續延長生命。」

「先生，病人的情況已經到達人生最後一哩路，現在剩下的時間已經不多了。」邱主任推推眼鏡後堅定地望著他，「我建議你放手讓她安心離開吧。」

「不行，不行，我不能沒有媽媽，我不能沒有媽媽。」大兒子突然有點瘋狂地吼叫著說道：「你們是醫師，你們的工作是救人，你們一定有辦法的。一定有辦法可以讓我媽媽活下去。」

這時候林怡津突然開口說道：「先生，我們是醫師沒錯，我們的職業是要救人。可是我們是人，不是神。人的能力是有限，並非萬能。」

「你們是庸醫，怎麼可以輕易放棄！」大兒子突然拍了下桌子接著語氣怒吼說道：「你們一定要救我媽媽，不然我去找律師告你們謀殺。」

此語一出，場面瞬間靜默，我被如此癲狂的大兒子嚇到了。

原本我以為他只是放不了手，無法面對失去母親這件事情，但他今天的表現，簡直就是瘋了一樣，完全不講道理。

「夠了，夠了。」一旁的小兒子突然開口，然後指著大兒子大聲又生氣地說道：「你不要再鬧了，媽媽已經很累了，你就放手讓她安心地走吧。」

大兒子轉頭望著弟弟，沒料到他竟然不支持這些作法。

只見大兒子驚呆且面目扭曲地看著弟弟，「你不要媽媽了？」

「哥，你到底想要怎麼樣？你還要繼續這樣子折磨媽媽嗎？」弟弟聲淚俱下地說道：「媽媽生病，我心裡很難過，但是我看她現在這個樣子，心裡更難受。你想盡辦法要把媽媽留下來，有沒有想過現在的媽媽真的活著嗎？她已經不會講話也不會動，只是靠呼吸器在撐著。這樣子的活著，真的是活著嗎？」

「我不管，我要媽媽活下去。」大兒子的石頭腦袋真是硬梆梆，沒有救了。別人的意見，他通通聽不進去。

「我要救到底，我不要放手。」大兒子放聲嘶吼著大喊道：「我沒有結婚、沒有孩子，我沒辦法對媽媽交代，我不能就這樣放手讓媽媽離開我們。」

我被眼前這一幕深深震懾，原來大兒子心中的遺憾是這件事，沒辦法在媽媽生前看到他成家立業結婚生子。他會這麼急著想要結婚，是想要讓媽媽安心。

此時，一旁的女兒開口說道：「哥，其實媽媽很痛苦，你知道嗎？」

大兒子轉頭望著妹妹，表情充滿惆悵之色。

女兒繼續說道：「媽媽很怕痛，她曾經說過很怕插管或電擊壓胸，結果你極力勸媽媽接受插管活下去。那天晚上當媽媽呼吸不上來，你擅自做主讓她插管進了加護病房，從那天之後她就再也沒醒過來。」她面容哀戚哭著說道：「你覺得媽媽還活著嗎？她的呼吸是機器打的，她的心跳靠藥物支撐，其實媽媽在插管的那天晚上就已經離開我們了。」

大兒子張開口似乎想要辨解什麼，但又說不出口。

女兒淚流滿面地懇求說道：「哥，求你放手讓媽媽安心離開吧，不要繼續折磨她了。」

「折磨？」大兒子突然掩面哭了起來，然後略帶悔恨地說道：「我這樣是在折磨媽媽嗎？我只是想要她活下來，我不希望她走。我不能讓她離開我，我不能沒有媽媽。」

終於大兒子說出內心話，覺得他未婚又無後而愧對了母親。正所謂不孝有三，無後為大。他又是長子，內心煎熬又無法釋懷。只是，他用錯了方法，對於母親來說，能夠順利走完最後一程才是福報。

最終這場會議很平順地達成協議，大兒子在妹妹溫情喊話後清醒過來並選擇放手。秋香阿姨順利撤除所有管路，並於當日安詳離開人世。

人生在世，但求一個順利的解脫而已。我想許多人都有相同想法，在人生最後一刻但求好死。因此身為醫療人員的我們，在面臨病人治療效果不佳，就會提早把安寧療護引入，希望病人的最後一程可以走得平順且祥和。而未來還有很多需要努力的地方，也希望民眾對於這個部分要有正確觀念。安寧治療不是放棄家人，而是讓家人在人生最後一段旅程，能夠更安詳平順。好死是一種仰望與希望，並且是能夠達到的一種境界。

當人生走到最後一哩路時，你希望用什麼方式離去？我們都不知道什麼時候會抵達終點，但可以隨時做好準備。當與世界告別的時間到來，我們便能以堅定、安然的步伐邁向下一個旅程。

所以當病人的病情進入已無法治癒的情形，甚至短期內便會離開人世，我們應盡早提醒家屬做好準備。

如若遇上家屬因為捨不得放手，甚至讓病人接受過度的醫療，進而演變為苟延慘喘的局面。我們需要適時提醒他們，該是時候放手讓病人安詳離世，因為那才是人生的美滿結局。

第三章　如果還有明天

如果還有明天，你想怎樣裝扮你的臉。
如果沒有明天，要怎麼說再見？
如果還有明天，如果真的還能夠有明天，是否能把事情都做完。
是否一切也將雲消煙散，如果沒有明天。

——薛岳〈如果還有明天〉

一九九〇年代，知名歌手薛岳，被診斷出肝癌末期，醫師告知只剩半年的時間。當時，他在告別演唱會上，告訴歌迷這個消息，並且留下這首〈如果還有明天〉的經典名曲。

而每每遇到病人被診斷疾病末期，宣告生命即將終止之時，我的心中總會響起這首歌。

面對曉愛此次復發狀態來勢洶洶，林怡津決定詢問肝膽腸胃科醫師，是否可以針對肝臟部位復發腫瘤給予一點治療。但是胃腸肝膽科醫師覺得她復發腫瘤太多顆且大小都超過三公分，無法接受酒精療法，而無線射頻燒灼術的效果也有限*，所以仍建議我們以化學治療為主。

於是，林怡津更改化學藥物種類，再度放手一搏。此階段，大有死馬當活馬醫的氛圍，我們也只能盡力試試看。

同時，我發現曉愛的女兒們來到病房陪伴她。原來前幾次化學治療期間，曉愛都拜託妹妹幫忙照顧這對姐妹花。大女兒五歲，小女兒三歲，她們的年紀對於死亡這件事情還懵懵懂懂。也許她們知道媽媽生病了，越發乖巧，在病床邊總是安靜地畫圖、看故事書，甚少吵鬧。因此，病房裡的護理師們越發有疼愛之心，暗地裡偷偷給這對姐妹花送點零食點心。

我很擔心曉愛的治療情況不如預期，於是曾與她會談過。曉愛告訴我，其實她不怕死，但最放不下的便是女兒們。

曉愛紅著眼眶哽咽地說：「樂樂專師，妳知道的，如果我走了，她們的爸爸還在牢裡，我不知道接下來該怎麼辦？」

我望著她身邊安靜看書的兩姊妹，心裡萬般不捨，對她提出一個建議，「曉愛，如果我找社工來看看，能否提供一點幫忙，妳覺得怎麼樣？」

「社工？」曉愛立即搖頭反對，「我不能讓孩子去寄養家庭，我不要。」

---

* 如果肝腫瘤數目小於等於三顆，最大顆直徑不超過兩公分，手術切除、酒精注射或是無線射頻燒灼術都是不錯的選擇。如果肝腫瘤數目小於等於三顆，最大顆直徑不超過三公分，則手術切除或無線射頻燒灼術是較佳的選擇，因為酒精注射對於兩公分以上的腫瘤，效果不盡理想。

我趕緊握住她的手，解釋說道：「妳誤會我的意思了，我找社工來是想了解一下妳的經濟狀況，給予一點協助，至於孩子……」我停頓一下後說：「孩子的父親在牢裡，勢必到時候沒辦法接手照顧，妳可能也要先想想看，有沒有誰能幫妳們。」

曉愛思考片刻後說：「我妹妹還有兩個孩子，其實前些日子我是想了很久，真的沒辦法了才拜託她幫忙。但是現在……」她輕嘆口氣後繼續說道：「我先生還要兩年以後才能出獄，我也希望可以撐到那時候，可是……」倏地就又哭了起來，「我很怕突然就走了，什麼事情都沒有交代好，我該怎麼辦……」

我讓她依偎在懷裡哭著，心底深刻感受到她的無奈與無助。

的確，面臨這樣的狀態，人都會感到無力且無望，那麼我還能怎麼出手幫助她解決這些問題呢？

這時候立刻想到邱曉娟，強大的社工師一定可以幫我一點忙吧。

邱曉娟到病房來，花了很多時間與曉愛會談，跟著針對生活扶助上，提供了小額捐款，至少住院這段期間，曉愛與孩子們的伙食費不成問題。

另外，我去買了一疊卡片及錄音筆送給她。

曉愛看著卡片跟錄音筆，疑惑地問我：「這些是……」

「妳的孩子還那麼小，不如妳利用一點時間，留下卡片給她們吧。」我對她說出自己的建議，「我提議在孩子每年生日及上小學前夕、小學畢業、國中畢業、高中畢業及大學畢業的這幾個時間點，分別寫下妳的祝福與提醒。然後我會把卡片交給妳妹妹，讓她依照妳希望的時間點交給孩子。」

然後我拿起錄音筆遞給她，「趁現在把妳想對孩子們說的話都錄下來，妳自行設好時間點。」

曉愛看著卡片跟錄音筆突然就哭了出來。

我以為她不喜歡，急忙要解釋，曉愛突然握住我的手感動地說道：「感謝妳，謝謝妳想到這些。」

我輕輕拍拍她的背部，「曉愛，這些都是預備著而已，我希望以後都用不到。或者，以後由妳親自交給女兒。」

曉愛點點頭，淚眼汪汪地望著我，「謝謝妳，真的非常謝謝妳。」

面對曉愛的病情，我們只能盡力而為。而我知道她最放不下的就是女兒們，而未來卡片跟錄音是我唯一能想到，幫助她能在現階段留給女兒的禮物。

未來女兒長大了，收到媽媽送的卡片或是錄音，那心中的感動必定不在話下。

走出曉愛病室後，我的心情有點低落。因為我還想著，陳大哥如今身在囹圄，沒辦法來跟曉愛見面道別，我很擔心她真的能夠撐到陳大哥出獄嗎？

同時期，我還有另一位也是子宮頸癌的病人，劉珈瑜的故事也挺讓人鼻酸的。

劉珈瑜自診斷出癌症後，每回住院治療都是獨來獨往，我從未聽她提起過先生這號人物。

我們的話題總是環繞在她的三位子女，珈瑜的大兒子正在服替代役，二兒子國三，小女兒才剛上小四。珈瑜的孩子們謙和有禮貌，病房護理師們也都很喜歡他們。如果珈瑜住院期間遇到假日，三個孩子都會到醫院探望，順道跟媽媽吃飯聊聊天，然後大兒子會再把弟妹們帶回家。

珈瑜告訴我，大兒子成熟穩重，她生病後不用擔心他們，因為大兒子就像個大人一樣，把家裡打理得很好，所以珈瑜只要安心治病就好。

本來我以為珈瑜的先生應該是不在了，又或者是早年離婚之類。這類私人的事情，如果病人沒有主動提起，我大多不會追根究底去問清楚。畢竟我只要專心於疾病治療與控制疾病。

一直到後來，珈瑜的疾病狀況，逐日走下坡，漸漸有無法控制之勢。

珈瑜被診斷出子宮頸癌時，期數是第三期b，當下只能接受化學合併放射線治療。後續她的疾病被控制得極佳，直到一年半後，後腹腔長出復發腫瘤。

珈瑜因為感覺到大便不如以往順暢，所以在門診追蹤期間跟林怡津提起了這件事。林怡津安排電腦斷層檢查後發現後腹腔的復發腫瘤。

我們先安排放射線治療，但是珈瑜產生了相關合併症：嚴重腹瀉，一天水瀉數十次，整個人都脫水虛弱無力。

於是她被安排住院，處理相關合併症問題，同時間又發現腹主動脈旁淋巴結也有腫大疑似復發跡象。

某天林怡津花了點時間跟珈瑜與大兒子仔細地解釋病情與目前狀況，並且安排後續接受化學治療。

那次病情解釋後，珈瑜的心情變得比較低落，某天她獨自一人到護理站來找我聊聊。

我把珈瑜帶到會談室，這裡比較安靜且只有我們兩人，可以讓病人比較放鬆且安心地說一些心裡話。

珈瑜微皺眉頭且表情愁苦，看得出她心情不好，我為她倒了杯溫水後才開口問道：「珈瑜，林醫師告訴妳那些事情，讓妳很苦惱嗎？」

珈瑜抬頭望著我說道：「樂樂專師，我很怕萬一我走了之後，幾個孩子要怎麼辦？」

我輕輕握住她的手，「珈瑜，妳大兒子很懂事，而且已經成年了，我想以後他會好好照顧弟弟妹妹。不過，妳心裡的這些煩惱，曾經跟兒子提過嗎？」

珈瑜輕輕搖搖頭後嘆了口氣，「當年從他爸爸走了以後，他便對我說以後由他來保護我，那時候便知道他是可以依靠的人。」

因為以往沒聽過她提過先生，所以這時候我本來以為珈瑜的先生是過世那種走了，於是就拍拍她的手背後安慰說道：「人離世走了，對你們留下來的人來說，的確挺傷心的。不過我想經過這些日子，妳們應該也都已經走出失去家人的傷痛。」

此時珈瑜臉上帶著微笑回答我說道：「不是啦，我先生不是那種走了，他是離開我們母子，一個人單獨跑到大陸去。」

我趕忙道歉說道：「抱歉，抱歉。不好意思。」

珈瑜不在意地揚揚手對我說：「不過如果是那種走了，可能我還比較輕鬆一點。」

這話倒是讓我有些不懂了。珈瑜看著我疑惑的臉，坦然地說道：「當初他說要去大陸跟朋友一起投資事業，那時候帶走不少錢。剛開始的幾年，兩、三個月就會回臺灣一趟，後來越來越少回來，我輾轉從朋友那邊知道，他在大陸有了小三並且另組家庭。」

嘖嘖嘖，這些男人呀，怎麼對於小頭的管理都這麼差勁。

珈瑜微微感傷地說道：「後來人雖然沒回來，但還會給我匯點錢，那時候我們母子們的生活都還過得去。最近幾年人不回來就算了，連錢也都沒有匯回來。」

「那妳跟小孩們的日子怎麼過？」我好奇地問道。

「我還在上班，身邊還有點積蓄。娘家那邊多少會幫我一點忙。」珈瑜一副泰然釋懷地望著我，「幸好我爸爸留了間房子給我，至少我不用負擔房貸或是房租，只要把三個孩子的日常生活照顧好就行了。」

如此聽來，雖然先生不在身邊，但珈瑜的生活過得還算過得去。

我望著她有點好奇，那麼她現在擔憂的是什麼？「珈瑜，那麼有什麼事情是我可以幫助妳的？」

珈瑜望著我憂慮地問道：「妳的意思是，也許我會很快就走掉嗎？我還有沒有機會可以好起來呢？」

我在心中暗暗嘆口氣，其實每次面對病人提出這樣的問題，都讓我很難回答。

「珈瑜，妳聽過人間旅程這樣的說法嗎？」我自己很喜歡這項說法，每每遇上這類問題，就會跟病人分享。

珈瑜搖搖頭後等候我解釋。

「每個人來到這裡，都是一次的旅行。旅行的終點與到站時間是不確定的，這個時間只有老天爺知道。有的人會覺得不知道時間而感到驚慌失措，然後每天都很焦慮且哀傷；有的人覺得既然不知道，那就選擇不去深究到底何時是終點，反之把握每一天的時間。」我握緊她的手後說：「其實何時結束並不是重點，重要的是，妳有沒有把握好每一分、每一秒，好好地過完這些寶貴的時間。」

珈瑜似懂非懂地望著我，於是我接著說道：「妳有什麼想要做卻還沒去做的事情嗎？譬如說去哪裡玩一玩？想吃什麼卻都還沒吃過？妳可以把這些事情寫下來，然後把握時間趕緊去做。」

珈瑜突然眼睛一亮後說道：「所以我什麼都可以吃吃看嗎？」

「當然可以。」我望著她，好奇問道：「妳想吃什麼？」

珈瑜伸出手比了一下後說：「比臉還大的雞排。」只見她吞了一口口水後說：「知道自己生病以後，就再也沒吃過炸的東西。還有麻辣鍋跟麻辣燙，我以前最喜歡吃辣了，那時候可是無辣不歡呀。」

「那就趕快呀，不過妳現在還在拉肚子，麻辣鍋可能要晚一些。」跟著我也加入了珈瑜的心願菜單行列，「我們醫院附近還有一家胡椒餅也超好吃的，還有麻辣滷味，上次我買了一大堆來，跟護理師們一起辣屁股。」

珈瑜不解望著我問：「為什麼是辣屁股？」

我神祕一笑後說：「吃進去以後沒多久就會拉肚子，那不是連屁股也都感受到辣度了。」

珈瑜忍不住被我逗得哈哈大笑，跟著抹抹眼淚後說：「真是的，笑死我了，妳真的是很有趣欸。」

我拍拍她的背部後說：「等妳肚子好些，改天我去買點麻辣滷味，讓妳也辣一下屁股。」

珈瑜連連點頭後說：「好好好。」

這次談話就在無止盡的歡笑聲中結束。珈瑜也開始著手寫下心願清單，以及一些需要辦理的事項。

本來我以為珈瑜的事情應該就這麼順順當當地，沒有什麼需要煩心。

一直到某天，神祕男子出現在護理站。他自稱是珈瑜的先生，要求醫師解釋病情，讓護理站所有人都無比驚訝。

他自我介紹是珈瑜的先生，姓黃，姑且稱呼他為黃先生吧，因為工作關係長年在大陸，這次是接獲珈瑜生病的消息才趕回臺灣。

他以一副十分關心的態度在詢問病情，但是我肚子裡面不停地在腹誹這個傢伙：

「管不住小頭的先生，居然還有臉跑來這裡想問老婆的病情，你還真是會瞎扯蛋，還長年在大陸咧，是真的認真工作？還是專職養小三呀？」

「珈瑜都已經癌症復發了才出現，我看你這傢伙會跑到來這裡，你的動機必定不單純。」

這個想法一浮上心頭，我看著他的臉，突然心頭一驚。不對呀，從珈瑜生病到現在也已經兩年了，過去這段時間他都不聞不問，怎麼會選在這時候跑出來，看來，這傢伙現身的動機十分可疑呀。

因為從來沒有看過這號人物，突然跑來要求解釋病情，真的是件挺奇怪的事情。何況他又自稱是珈瑜的先生，病房的護理師們可是從來沒聽珈瑜提過他有先生，大部分人都以為她是離婚或是喪偶。只有我在當日的會談之中，知曉其中緣由。

但是我不動聲色，有點故意地想刺探一下，到底黃先生來此的目的究竟為何？

於是我走過去後開口問道：「黃先生你好，我是負責照顧珈瑜的專科護理師，我叫林唯樂，請問你真的是珈瑜的先生嗎？我照顧她這段時間，好像從來沒聽過她提起過你？」

只見他拿出身分證，跟著翻到背面又指著配偶欄說道：「我真的是珈瑜的先生，因為我的生意都在大陸，所以很少回臺灣，不過我跟珈瑜都透過電話聯絡。」

電話聯絡？

我實在很難不腹誹下去：「你還真是很會畫虎蘭（臺俗俚，指胡說八道之意）喔。」

黃先生望著我有點鄙視地說道：「那我現在可以跟主治醫師見面，了解一下珈瑜的病情了嗎？」

知道內情的我也不是省油的燈，我直接打槍他說道：「既然你們常常電話聯絡，應該珈瑜也跟你提起過關於病情的事情吧。」

黃先生點點頭後說：「是有聽她說過，但是……」

「那就對了，」我立馬打斷他，接著說道：「既然有，那大可不必再大費周章找主治醫師來跟你解釋了吧。」

黃先生不死心地又說：「但是珈瑜沒有跟我說得很清楚，我這次來是想要徹底了解一下。」

我挑挑眉毛後說：「如果珈瑜沒有跟你說清楚，我們可是要保護病人隱私，沒有她同意，我們不能隨便跟其他人解釋病情。」

我的話讓黃先生有點火大了，「我又不是外人，我是她先生。」

我臉上帶著微笑然後說道：「是呀，既然這樣，你不妨去問問珈瑜，是否要讓林醫師跟你解釋病情。」這顆軟釘子拋出後，他隱約覺察出我似乎在提防他。

黃先生望著我問道：「是不是珈瑜跟妳說過些什麼？她有跟妳提過，我跟她之間的事情嗎？」

我聳聳肩裝不知情狀說道：「我只專注在照顧病人的疾病，至於病人的私事我無權介入。」

「黃先生，還是你先去病房探望珈瑜，如果她願意，我再聯絡主治醫師過來。」我提出了建議，只有珈瑜答應了，我才能找林怡津過來。

「好，我知道了。」黃先生似乎另有打算，只見他轉身直接離去，並沒有依照我的提議去病房，而是逕自離開。

其他護理師們看了我與黃先生的互動後，有點疑惑。怎麼這位先生一來就要病情解釋，沒法得到解釋就直接走人。剛剛有確認過身分證，他的確是珈瑜的先生，可是……

我想大家的心裡都留下很多疑惑，但是這屬於病人隱私，實在不適宜繼續深入探究。這是黃先生第一次登場，只留下無限的問號後就離去，而且當日並沒有到病房探望珈瑜。後來，我把這件事情告訴珈瑜，只見她有點驚訝但又不感到意外的臉。而後續這位黃先生就未曾再度出面，我們便忘記這號人物的存在。

而此刻，曉愛那邊也出現了些狀況。因為治療效果不佳，所以她變得越來越喘，逐漸地無法躺著入睡，得要半坐臥方能入眠。

某天，曉愛的妹妹來找我申請一份診斷書，因為想去監獄辦理手續，讓曉愛的先生向監獄請假，申請外出到病房探視她。妹妹擔憂也許再過不久，曉愛就要結束人生旅程，離開人世了。

林怡津斟酌許久後才完成這份診斷書，她衷心希望可以幫上忙。何況曉愛的日子說多不說，說少還真的好像有點少，而除了一雙女兒外，她內心最放不下的就是先生。

當我把診斷書交給曉愛的時候，她也告訴我，關於陳大哥入獄的緣由。

原來當初陳大哥的好友創立公司，初期營運之時欠缺資金周轉，好友到地下錢莊借款，他幫其作保。不料半年後好友公司倒閉後跑路，身為擔保人的陳大哥被地下錢莊告上法庭。

陳大哥背上背信罪名，被判刑後鋃鐺入獄。聽來很平常的事情，卻活生生發生在曉愛的身上。我的父親告訴過我，所謂人呆為保，呆子犯病了才會為人作保。所以無論是多要好的朋友央求你幫忙作保，都不可為之。

後來護理師們也都知曉了這件事情，身為資深學姊的齊雲藉機對剛出社會的小嫩雞學妹諄諄教導，絕對不能隨意幫人作保。

只見學妹一派天真地望著齊雲問道：「學姊，如果是我要好的朋友也不行嗎？」

齊雲搖搖頭後說：「人心險惡，與其幫忙作保，你還不如借錢給他比較快。」

這話我覺得不妥，所以立刻出言發表我的看法，「我覺得不好，要說借錢給他人，正所謂請神容易送神難。除非妳覺得借款要不回來也不會心痛，不然還不如不借。」

「萬一不借，他跟我斷交怎麼辦？」學妹擔憂問道：「畢竟都是好朋友。」

「如果不借給他就絕交，那這種朋友別再見的好。」齊雲接著說道：「朋友之情若是一朝跟金錢掛上關係，妳開口討錢的時候，還不是會撕破臉。」

「對對，這些話我認同。」齊雲這話我就愛聽了，「妳看陳大哥不也為了朋友擔保，結果咧，朋友跑了，他得去擔負起這筆款項。還不出來就擔負背信罪，還被抓去關欸。」

這番話嚇得小嫩雞學妹臉色唰地慘白，我急忙拍拍她的肩膀後說：「別怕，總之以後妳要簽名蓋章前，一定要想清楚，知道嗎？」

學妹這才點點頭，記下了學姊們的教誨。

然後齊雲望著我問：「那陳大哥很快就能來病房嗎？」

我搖搖頭，「不知道欸，我們已經把診斷書給曉愛了，接下來就是獄方要處理一些行政程序。實際上陳大哥什麼時候能到醫院探望曉愛，我還真不清楚。」

學妹惋惜地說道：「陳大哥是好人欸，就因為要幫助朋友，莫名其妙被抓去關，真的很可憐。」

「也許就是因為人太好，才會這般講義氣，為朋友兩肋插刀。」我忍不住搖頭嘆息說道：「或許他在牢裡也很後悔吧。」

「可惜世上沒有後悔藥可吃，不然也可以穿越回去阻止簽字，那麼就不會有那麼多遺憾了。」齊雲有點異想天開地說道。

我伸手敲敲齊雲的額頭，「哪來那麼多可惜、不然、以後的，所以我們做事之前通通要想清楚，知道嗎？」

學妹轉頭看著我問：「那如果陳大哥來了，我們能不能跟他講話？」

這問題還真是問倒我了，我以前從沒遇過有家屬從監獄請假外出到醫院探病的情況，所以我也偷偷在心中模擬過幾次當時會是什麼狀況。

當場是感動眾人，家屬會一把鼻涕一把眼淚爬進病房去？

No！No！No！陳大哥是看老婆，又不是看父母親，還孝女白琴送行咧。

還是邊哭邊說著，我的愛人哪！我太晚來了！

欸！欸！欸！曉愛還活得好好的，又不是嗝屁了，怎麼會一副送行的樣子？

當下我的內心小劇場上演好幾齣戲，同時自動腦補許多可能，直到半個月後的某天下午，陳大哥跟獄方順利完成請假申請，終於得以外出到病房探視曉愛。

幾天之前，曉愛就告訴我們，某天下午陳大哥就會由獄方派人押解著，到病房來探望她。等待日期到來的前幾天曉愛的心情波動很大，好幾夜都睡不好。那天一早，我發現她的眼下隱約有一絲烏青，我跟齊雲急忙幫她畫上淡妝及口紅。

接著幫曉愛戴上假髮，仔細裝扮好，就是希望她以最美好的狀態，面對許久未見的丈夫。

那天，護理師們都心上掛著這件事情，越是這樣就越覺得時間過得超慢。整個早上，我急著把手邊的事情處理好，很擔心會錯過這一切。

結果吃過午餐，剛要到下午一點鐘的時候，陳大哥與兩名獄警一起出現在護理站。我跟齊雲看著陳大哥微帶著激動的臉，我開口問道：「陳大哥，你還好嗎？」

陳大哥對我點點頭跟著問：「曉愛在哪間病房？」

「我帶你們過去。」我趕緊領著他們走向曉愛的病房。

剛走到病房口，其中一名獄警幫陳大哥解開手銬，跟著又對陳大哥說：「只有一個小時，你好好把握時間。」然後我幫他推開房門，一名獄警跟著陳大哥進入病室，另一名獄警則是在門口戒護。

能會面的時間那麼短，我想我還是別進去打擾他們。讓陳大哥跟曉愛好好說話敘舊，因為或許今天這一面，就是他們最後一次相見了。

當我輕輕拉上房門的時候，聽見了房間裡面傳來曉愛低聲哭泣的聲音，後面陳大哥也哭著說：「曉愛，對不起，我對不起妳。」

這句對不起讓我的手停頓了一下，齊雲的那些話浮上心頭。

「可惜世上沒有後悔藥可吃，不然也可以穿越回去阻止簽字，那麼就不會有那麼多遺憾了。」

如果真有後悔藥可以吃，陳大哥一定會立馬手刀般快速，去買來吃下去。

他在牢裡一定恨死了自己，幹嘛要作保，早知道就不隨意幫人做擔保，如今也不會落得如此田地。

可惜呀！可惜！千金難買早知道喔。

我們守在護理站，不敢去打擾曉愛與陳大哥，他們這麼久沒見，一定有許多話要說，而且曉愛也要交代許多事情。畢竟如果陳大哥還沒有出獄，她卻病逝了。那對小姊妹花，該怎麼辦？曉愛的妹妹允諾會先代其照顧，之後還是得等陳大哥出獄後接手。

一早上時間過很慢，真的盼到人出現了，這一個小時卻過得飛快。時間一到，獄警帶著陳大哥慢慢走出病房，經過護理站的時候，陳大哥出聲喊住了我。

「樂樂專師、各位護理師們。」

我一轉頭，只見陳大哥直挺挺地對著我們跪了下來。

我急忙跑過去扶起了他，「陳大哥，你別這樣。」

「謝謝妳們。」他抬頭望著我跟其他跑過來的護理師們，「謝謝妳們這段時間以來，特別幫忙照顧曉愛。」

齊雲拍拍他的臂膀後說：「陳大哥，你太客氣了，這都是我們應該做的。」

陳大哥吸吸鼻子又用手揩去淚水後，「我很感謝妳們，這段時間因為我沒辦法守在曉愛身邊，所以都只好……」他停頓後又哭了起來。

「陳大哥，你保重。」我輕拍他的臂膀，「我們會好好照顧曉愛，你也要好好的，女兒們都還在等你出來。」

陳大哥連連點頭，跟著望著我們說：「我會的，剛剛曉愛也說會努力，再努力撐撐看，她說想看到我出來。」

雖然，我們都清楚也許以曉愛的情況，要再多撐一年半的時間，實在有點困難。但是生活上有了目標與希望，何嘗不能試試看。

我與眾位護理師們與陳大哥幾句話別之後，獄警就帶著他離開醫院。

監獄方面規定，請假外出時間多久就是多久。而這次曉愛與陳大哥的會面，雖然只有短暫的一小時，但能夠再與陳大哥相見，對曉愛來說恍如隔世。後來她的病情雖然沒有急遽變差，卻逐日往人生旅途終點的方向走去。

在陳大哥到病房探望後一個月，曉愛在某天清晨意識變得模糊不清，林怡津當下判斷，她離開人世的時間就在這幾天。

曉愛的妹妹把一對女兒帶到病房，稚嫩的孩子哪裡知道媽媽就要遠行，只是坐在床上，一直摸著曉愛的手，喊著媽媽的手好冰、媽媽需要蓋被子。

童言童語，惹得護理師眾人鼻酸，淚流滿面。

當天晚上，於妹妹先帶著孩子們回家休息的時候，曉愛在病房裡走完了人生最後一哩路。終究她還是留下了遺憾，無法親眼見到陳大哥出獄。

有時候病人會選擇在家屬離開的短暫時間裡離去，也讓許多家屬無法接受，因為未守候於病人身旁，看著病人離去的時刻而留下終生的遺憾。

曾經聽過我的學姊那一輩說過，病人要走之前總是放心不下，所以會選在家屬剛好走開一下的時候離去。有時候是家屬去外面買飯、有時候是去茶水間倒水，甚至還有去上個廁所回來，病人瞬間便沒了呼吸心跳，這些都真實在臨床發生過。

這也是人可愛的地方，我放心不下你，你亦放心不下我。所以唯有你不在我身邊的時候，我才能放心離去。

曉愛離去後，我難過了幾天，也想著陳大哥在獄中接獲這個消息，又該有多難過。再者，他們那雙稚女，在還不清楚生死離別的年紀，就失去了母親，而父親又身在囹圄。種種悲傷情況堆積起來，我替他們夫妻倆的境況感到極度哀傷。

後來，我跟齊雲專程去參加曉愛的告別式，當天陳大哥也請假到現場送別亡妻。

那日他哭得極度傷心，猶如心肝被人掏出般難受。因為曉愛未滿四十歲就離世，當日場面哀戚，令人動容。

從曉愛告別式回來後，我雖然心情低落了好幾日，但是臨床上的事務繁忙，很快地，就收拾起哀傷情緒繼續手邊的工作。

而此時，珈瑜的情況也逐日走下坡，那天我讓大兒子找來珈瑜的大哥，商討後續事宜。畢竟面對疾病進展且治療效果不如預期，跟著就得要思考緩和醫療介入的時機。

姑且叫珈瑜的大哥為劉大哥吧，他是個爽朗直腸子，林怡津跟他討論後，也直接讓珈瑜知曉目前的疾病狀況，接著她自行簽署放棄急救接受緩和醫療的意願書。而我們的治療方針也改以維持病人舒適為主，改以止痛、助眠等方向為主。

大兒子也貼心地為媽媽找來好友及同事探視，想讓媽媽與好友們話話家常，同時也能讓珈瑜與之話別。

沒多久，那位黃先生不知道從何處得知珈瑜病況不好，而且已經進入人生旅程終點倒數的消息，竟然又跑回臺灣，並出現在護理站。

這次他不要求病情解釋，而是直接去病房探視珈瑜，接著帶小女兒一起吃飯還買了玩具給孩子，儼然一副好爸爸的姿態。

本來，護理師們還以為黃先生，是因為老婆生病而且情況極差，所以浪子回頭了。

我並不是很看好，畢竟離家那麼久，而且還跟其他女人在外另組家庭，這時候突然回頭，這其中必定有鬼。

齊雲卻覺得我應該是對黃先生有偏見，以她對黃先生的觀察應該沒有那麼壞。

面對齊雲的質疑，我心中腹誹著：「呵呵，時間會證明一切的。以我闖蕩江湖多年的經驗，這類男子會回頭，無非就是想找甜頭之類的。」

這時候我也開始擔心起來，莫非珈瑜身邊有大筆錢財，這傢伙只是想回來趁她走了之後，分一杯羹嗎？

我心中帶著疑惑，嘴上卻無法問出口。日日看著黃先生一副惺惺作態的模樣，一下子幫珈瑜按摩，一下子又去買豐盛的餐食給她。

當真是浪子回頭金不換嗎？以前都是我想錯了？是我冤枉好人不成？

也許黃先生真的下定決心回到臺灣，決定在珈瑜走後，接手照顧子女？

所以關於黃先生的那些事，都是我小人之心度君子之腹囉？

又過段時間珈瑜病情加遽，意識逐漸不清。

某日黃先生和大兒子在病房交誼廳裡面會談許久後，黃先生直接離開醫院。大兒子在父親離開後，心情似乎很沉重，但他靜默不語地守在珈瑜身邊。

先是齊雲發現大兒子好像怪怪的，但是她問了半天問不出所以然，便跑來找我幫忙。我一聽齊雲的話以後直覺不妙。當時我依舊對人性保有最後一絲希望，希望別給我猜中最壞的狀態：黃先生其實是黃鼠狼給雞拜年，這次回臺灣根本就是有目的。

我走入珈瑜的病室後，找了個由頭把大兒子叫出來，帶著他去協談室裡面。剛剛一開口，大兒子就忍不住地掉眼淚。

我急忙遞上衛生紙，跟著問道：「還好嗎？到底發生什麼事情了？」

大兒子吸吸鼻子又稍稍平緩情緒後開口說道：「我爸爸告訴我，等媽媽走了以後，他不會留在臺灣。」

「不留在臺灣？那你爸爸還是要回大陸嗎？」我有點驚訝地望著他。

「爸爸要回去大陸，因為那邊有他的家庭。」大兒子有點絕望地望著我，「他說我已經成年了，以後弟妹要交給我照顧。」

所以我還是猜對了，黃先生真是十足的渣男一枚。但如果是這樣，他專程跑回來要幹嘛？

「爸爸要我把媽媽留給我的房子賣了，他要拿走一半的錢。」大兒子表情轉為有點憤怒，「他說夫妻財產共有，所以他有權力拿走一半。」

「憑什麼？」我真的是被這個王八蛋給刷新三觀了，居然要賣掉妻子名下的房產，然後還大言不慚地要分一半錢走。不行，我不能坐視不理，任由這種無良的事情發生。

記得之前珈瑜說過黃先生去大陸投資，前幾年還有拿錢回來，後來就不再匯錢回來。況且那房子是珈瑜娘家留給她的，黃先生根本沒有資格可以分走這棟房產。

我望著大兒子說道，「弟弟，你別擔心。我記得珈瑜說過那間房子是你外公給的，如果是這樣，你爸爸根本沒有資格能夠分它。」

「媽媽已經把房子過戶給我，但是現在爸爸逼我去賣房子。」大兒子有點驚慌地望著我，「我應該怎麼辦？」

是呀，珈瑜現在意識不清，怎麼有辦法保護兒女？

我突然靈機一動想起了珈瑜的大哥，於是開口問他：「我記得舅舅是不是很久沒來了，他還跟你們有聯絡嗎？」

「對，還有大舅舅。」大兒子恍如溺水拉到救生圈般開心，眼神底燃起希望，「我可以找舅舅來幫我。」

有大人來幫襯，我就不信黃鼠狼還能耍什麼陰招。真的是人賤沒藥醫，也虧得他想得出要逼孩子賣房子變現，而且還敢開口要拿走一半，還真是匹不要臉的黃鼠狼。

結束會談後，大兒子去跟舅舅聯絡，並且把這些日子以來，黃先生守在病床邊的事情都原原本本地告訴舅舅。

果真隔天，珈瑜的大哥與大姊匆匆趕到醫院，我讓林怡津把珈瑜目前的情況解釋給他們聽了以後，他們便守在珈瑜身邊。

沒過多久，黃先生又來了，這回珈瑜的大哥正守株待兔，等著他出現。

兩人一見面，當真如仇人相見分外眼紅，只見劉大哥指著黃先生的鼻子一連串地狂罵說道：

「你這個人還真是不要臉，這些年丟下老婆孩子不顧，跑去大陸做生意，生意到底成功沒有我是不知道，但是你養小三倒是養得很成功。聽說小三還給你生了一個孩子，你還真行呀。既然這麼幸福美滿，跑回來臺灣幹嘛？聽到你老婆生病了，趕緊回來照顧她嗎？你麥騙肖欸。」

黃先生正要開口辯解，立馬又被劉大哥打斷。

「你別說話，讓我先把話說完。」劉大哥氣呼呼地望著他說：「請問一下，你有什麼資格要分我爸爸留給珈瑜的房子？那房子的一塊磚頭或是瓷瓦，跟你有什麼關係嗎？你憑什麼要分一半走！」

「我們是夫妻財產共有……我……」黃先生開口想講話，又立刻被打斷。

「哈，你這麼缺錢，那請問一下，你為珈瑜跟三個孩子付出多少了？」劉大哥話鋒一轉，拋出震撼彈，「我告訴你，只要我去調你的出入境紀錄跟珈瑜的銀行的匯款紀錄，你這些年來回幾次臺灣、匯幾次錢回來給妻兒，通通一目了然。等站上法庭，我看你怎麼跟法官說清楚。」

黃先生被堵得啞口無言，他應該沒料到，大兒子會去找來舅舅與阿姨前來助陣。

「你最好不要再來了，我告訴你，要欺負人也要睜亮眼睛。」劉大哥咄咄逼人說道：「我妹妹含辛茹苦養大小孩，為他們留個棲身之所而已。你不要那麼沒良心，竟然敢不要臉地開口要弟弟賣掉房子，而且要拿走一半的錢。難道你不怕以後出門被雷公打死。」

黃先生又想要開口說話，卻立刻被一旁的大姊出聲怒吼說道：「快滾，你最好有多遠就滾多遠，以後都不要再讓我看到你，真要這麼不識相，我見你一回打一回。」

當下黃先生發現自己在此處已無立足之地，只能選擇默默地轉身離去。

此次珈瑜這一方的反擊，大獲全勝。

真的是好險呀，我也替珈瑜稍稍放心了一下。要是真被沒心肝的先生拿走賣房子一半的錢，他必定是又返回大陸跟小三逍遙快活。而大兒子卻得兄兼母職，肩負起照顧弟妹的責任。世間人百百款，有姦情抓不完。有時候我想這種人的臉皮，比那城牆厚上一千一萬倍都不止，怎麼會有臉跑回臺灣跟兒子爭產？而且拿了錢後丟著兒女離開不回來了。那些錢他膽敢拿走且吞得下去？

從曉愛與珈瑜，我看到了世間夫妻情感極端的呈現。從相愛濃烈，到死都還是沒變。也有相敬如冰，生死兩不相見。無論如何，如果那份情感之中帶了點算計，就會讓人不勝唏噓呀。

某個安靜的午後，珈瑜在病房裡默默地走完她的一生。最後一程身邊陪伴她的是三位子女與兄姊。最後黃先生並沒有出現，而兄姊雖然替她感到不值與不甘，本想去寫狀告上法院，說黃先生在大陸養小三，幾年下來棄妻兒不顧，但在珈瑜母親的勸說之後作罷。

老人家是這麼說的：「像這般惡人自有天收，我們只要照顧好珈瑜的孩子們。」興許她老人家還是相信人性的那點善良，至於黃鼠狼作惡的部分就留待老天去評判。而關於珈瑜的事情，我還是相信老天爺還是有眼睛的，至少他的壞主意沒有成真。幸好，珈瑜父親留下的房產還在，讓孩子們尚有棲身之所，不至於被迫流落街頭。我想，老天爺還有其不忍與溫柔之處。

第四章　靈魂的重量

人死後還有靈魂嗎？很多人都相信有。那麼，是否可以證明靈魂真的存在？

一九〇一年的今天，美國麻州的麥克道格（Duncan MacDougall）醫生疑似發現了靈魂實體，不只如此，他還測量到了人死前與死後會相差二十一公克，科學家相信那是靈魂的重量。

而臨床上常常有病人會問我，死後的我們最後會到那裡去？

有的人希望能上天堂，有的人希望跟著佛祖修行，有的人則是希望化為虛無，換得一身自由自在。

到底人死後又會去那裡？何處為靈魂的歸處？這是個沒有標準答案的問題，但是靈魂卻代表了你的人性、你的思想、你的意念。

晴雯也問過我類似的問題。年近五十的她，面容姣好，外表保養得宜。倘若她不說自己年歲已將半百，其實我會以為她應該與我年紀相仿而已。晴雯年輕時跟著老闆去中國大陸開墾，開公司、辦工廠，老闆在中國多處投資事業。晴雯是他的得力助手，也是管理高層幹部。老闆非常倚重晴雯，所以下放管理權給她。而她總是行程滿檔，一週內在中國各地飛來飛去，替老闆巡查工廠緊追出貨量。

正因為工作填滿了晴雯的生活，所以愛情就耽擱下來。一年又一年過去，轉眼間晴雯將滿五十歲。雖然外觀不似實際年齡那般蒼老，但是體力上已不如年輕那時般活躍，同時讓她有了提早退休的意念。

今年的農曆年節，晴雯回臺灣與母親和姪子相聚。除夕夜當晚，晴雯卻感到腹痛難耐，且伴隨陰道出血不止。她被送到我們醫院急診，接受相關檢查後，晴雯被收入院醫治。因為恰逢農曆新年，醫院裡面也關縮病房且縮減人力。因此相關檢查室也都休息，得等待休完年假後才能安排其他檢查。因此她住入醫院接受相關症狀治療，而大年初四恢復上班後，我跟林怡津與晴雯首次於病房中見面。

林怡津仔細看了晴雯在急診做的電腦斷層檢查影像，我則是在一旁心中直打鼓。片子上晴雯的子宮腔裡面被腫瘤填得滿滿的，正常女性即將更年期，子宮內膜應該不超過零點八到一公分，但是晴雯的子宮腔中，已經看不出子宮內膜與腔室，而是充滿了腫瘤。

林怡津沉默許久都沒講話，我指向電腦螢幕上說：「這些應該都是腫瘤吧。」

她嚴肅地點點頭，然後帶著沉重的目光望著我，「腫瘤長得很滿而且把子宮撐開得大，我想先排子宮鏡採取一些檢體，確認一下診斷。」

「應該是子宮內膜癌……」我自顧自地說道：「未婚沒生育過，雖然她看起來很瘦，但還是有可能。」

「希望不是惡性肉瘤。」林怡津輕嘆口氣後說：「如果是肉瘤就比較難處理了。」

子宮惡性肉瘤！一聽到這話不由得讓我心頭一驚。這可是預後超級差的惡性腫瘤呀。

林怡津看了我一眼後問：「病人還沒有結婚吧？」

我搖搖頭接著說道：「未婚，也沒有性經驗。」

林怡津低下頭沉思過了一下後抬頭對我說：「如果是子宮惡性肉瘤，就一定要先手術摘除子宮，這類腫瘤對化學治療的效果不好。」*

我明白對於女性來說子宮的涵義，雖說晴雯沒有生育過，又到了即將更年期的年紀，其實子宮存在與否，應該沒有那麼大的差別。但是對女性來說，子宮是一種女性的象徵，失去子宮後的哀傷與沉痛，往往是我們很難想像與處理的。

林怡津與我去到病房與晴雯解釋目前的發現以及即將安排的檢查，晴雯與母親安靜聽著，當林怡津提到也許是子宮惡性肉瘤的時候，母親突然哭了起來。

母親望著林怡津懇切地說道：「林醫師，請妳一定要救我女兒，我只剩下她這個孩子，我不能再失去她了。」

---

* 手術是目前診斷及治療惡性子宮肉瘤的主要方式，若是術前已診斷為惡性子宮肉瘤的患者，全子宮切除手術是最佳處置，需要時可加做卵巢切除，骨盆腔和主動脈旁淋巴切除，達到腫瘤完全切除的目的，有些病人術後需接受化學治療或放射線治療，預防腫瘤復發。

林怡津握住母親的手後說：「伯母請放心，我們會盡力救治晴雯，妳先不要傷心難過，目前都還在檢查，到底她身上的腫瘤是從哪裡長出來的，一切都還沒有定論。」

母親點點頭，然後晴雯望著林怡津問道：「如果真的是惡性的，那我還能活多久呢？」

「現在說這些都還太早，我們先把檢查做完，通盤了解整個情況後，我會再告訴妳們關於腫瘤的分期還有治療計畫。」林怡津向來不說沒有把握的話，況且晴雯才剛要開始接受檢查而已。

結束這次對話後，林怡津跟我走回護理站，她突然想到某件事情轉頭對我說道：「妳改天也來我們診一下。」

林醫師這是何故？我疑惑地開口問她：「要做什麼？」

「幫妳做個超音波。」林怡津拍拍我的肩膀後說：「這些年在病房裡面看這麼多，妳不怕呀？」

我微瞇雙眼後說道：「怕當然會怕，但是我又沒有症狀。」

林怡津笑著說：「卵巢癌又不會有症狀，妳還是乖乖過來一趟，好好照顧一下卵巢跟子宮。」

既然老闆有命，我也不好違背，只能點頭應允下來。

而晴雯的診斷就在做完子宮鏡與採樣病理切片檢查後，確定她是從子宮長出的子宮惡性肉瘤。

林怡津跟晴雯與母親解釋病情之後，建議先以手術治療，之後再施予化學治療。晴雯聽完解釋後沉默不語，母親則是淚流滿面，這種宣判結果的場面，總是讓人感到極其哀傷。

此刻，晴雯突然開口問道：「那麼，我還有多久的時間？我還能活多久呢？」

面對剛診斷的病人提出這種問題，讓我有點驚呆，又該怎麼說才好呢？

只見林怡津開口說道：「現在討論這件事情還太早，我們都還沒開始治療呢，希望妳給我們一點時間，我會盡力救治妳。」

晴雯點點頭後說：「所以我還有機會治好嗎？」

林怡津是不輕易說放棄的人，只要還有希望，她肯定牢牢抓住不放。即使晴雯的疾病十分棘手，她依舊充滿了幹勁，希望能幫助晴雯抗癌成功。

「晴雯，我們一起努力，希望妳對我們有信心，我們不會輕易放棄妳的。」林怡津對她信心喊話，「也希望妳不要放棄自己。」

有了林怡津這席話，讓晴雯像吞下定心丸般鎮定，於是她點點頭應允，「林醫師，那就拜託妳了。」

於是晴雯就在我們的安排下，接受了癌症廓清手術摘除了子宮、雙側卵巢輸卵管及骨盆淋巴結。術後晴雯繼續住院接受照護，除了等候最終的病理報告結果，也預計施打第一次化學治療之後，再讓她出院回家休養。

同時期，我的一位老病人順花阿嬤也因為子宮頸癌復發入院治療。

順花阿嬤年輕的時候投資許多房地產，據說在某個車站前面一整排房子都是她的，可謂是金雞母房東。另外，順花阿嬤眼光極佳，在鄉間也有幾塊空地，她的說法是要養地等待時機出售，所以目前土地都閒置著。

順花阿嬤光是每月的租金收入，就高達三四十萬，所以她無須向三個兒子索取生活費。只是，在阿嬤初診斷的時候，兒子們追問的並不是阿嬤的病情治療效果與預後，而是不斷詢問阿嬤還能活多久。他們嘴上說的都是很關心母親的病情，但是心裡打量的是什麼事情？或許只有當事人知道。

而阿嬤也不是省油的燈，她絕對不會輕易把財產提早分給兒子們。

我曾經聽阿嬤提起過，她的一位好姊妹，把財產分給兒子以後，卻落得無處可去。因為兒子們要求每月輪流吃住，讓她的好姊妹像是流浪漢般，提著行李四處輪流居住。而且，因為分產時沒有留點錢過日子，還得向兒子伸手要生活費。

看著好姊妹晚年落得像流浪狗一般不堪，這些事情讓順花阿嬤引以為戒，還沒有等到她闔上雙眼那一刻，斷不可輕易分產，以防萬一生病後還得拖著病體，四處去兒子家中輪流吃住。

順花阿嬤還請來一位外籍看護，照料生活起居，平常住院也大都是阿嬤跟看護妞妞一起過來。

這天我去阿嬤的病房看她，順便問問她有無需要幫忙的地方。推開病房門，見到一位面生的女子坐在她的床邊。

那女子手上拿著蘋果正慢條斯理地削著果皮，而阿嬤坐在床上，臉上似乎有些許不悅之色。

我慢慢走過去，然後開口問道：「阿嬤，昨天睡得好嗎？」

阿嬤抬頭看見了我，心情似乎轉變為好，只見她笑吟吟地說道：「樂樂專師，妳來了呀。來，這邊坐。」

我搖搖頭，「不用啦，我來看看妳而已。」

阿嬤伸手拉住我的手又問：「妳吃午飯了嗎？」

我搖頭又接著問：「阿嬤吃了嗎？最近吃飯吃得好嗎？」

只見阿嬤目光輕輕向女子方向一瞥後又看向我，「氣都氣飽囉，也不用花心思去吃飯了啦。」

噢，看來這位女子跟阿嬤之間發生了點衝突喔。

我四處張望後並沒有看到外籍看護妞妞，於是好奇地問道：「妞妞呢？怎麼沒看到她？」

阿嬤正要開口，只見那女子俐落地切下一片蘋果遞給阿嬤，接著看向我說道：「我讓她去買東西了，這些外勞呀，總是會找機會偷懶，一出醫院就不曉得時間寶貴，都快一個小時了，還不回來。」

阿嬤並沒有接過那片蘋果，而是瞅著女子說道：「是妳說想喝咖啡，還非得要什麼斯打巴克斯，不知道妞妞得走多遠去幫妳找。」

斯打巴克斯？我聽得一頭霧水，這是新的咖啡品牌嗎？

「唉呦，媽媽，咖啡當然得要喝Starbucks才好喝呀。其他那些都像苦藥一樣難喝死了。」

女子把手上的蘋果放到桌上的碟子裡，跟著拿出溼紙巾慢條斯理地擦著手，展現泰然優雅狀，「而且妞妞本來就是我們請來的下人，讓她去跑腿買杯咖啡而已，媽媽就心疼啦。」

阿嬤臉色微微脹紅不講話，看來這位女子挺不識相。

搞了半天，原來阿嬤口中所說的斯打巴克斯是Starbucks呀，幸好我剛剛沒有開口問，不然就鬧笑話了。

接著我試著開口打圓場，於是伸出手對女子說道：「妳好，我是負責照顧順花阿嬤的專科護理師，我是林唯樂。」

女子看了我一眼，只見她的態度高冷驕傲，似乎不打算跟我握手。

我只能默默地把手伸回來，心想這女子還挺傲嬌的嘛。

「我沒什麼事，妳可以回去了。」順花阿嬤對她似乎很不待見，於是乎下了逐客令，「前幾次住院我都自己跟妞妞來而已，妳以後不用特地跑一趟過來看我。」

女子趕緊臉上堆滿了笑容，又端起碟子問道：「媽媽，瞧妳說的話，幹嘛一副我們不認識一樣，再怎麼說我也是瑞和的老婆呀。為您盡孝是很自然的事情，妳就別拒絕我了。」

喔，原來是順花阿嬤小兒子的老婆呀。順花阿嬤有三個兒子，分別是瑞興、瑞家與瑞和。不過上次聽阿嬤說小兒子年近半百，一直光棍沒結婚，看來這位高傲貴婦，是小兒子新娶的媳婦囉。

我趁機把貴婦上下看個清楚，小媳婦頂多三十幾歲，身上穿著看來十分昂貴的套裝，一旁的提包是貴森森的Hermes絲巾包。嘖嘖嘖，加上剛剛說話的態勢，從她身上傳來一種炫富的味道。

順花阿嬤帶點不耐煩地說道：「我還沒老到需要妳來侍奉，妳趕快回去吧。」

被阿嬤出言趕第二次，小媳婦大概也覺得沒面子，只好放下碟子，拿起一旁的Hermes包後說道：「媽媽，那我先回家了，有事要幫忙再打電話給我。」

順花阿嬤點點頭，然後小媳婦接著起身頭也不回地走了。

而我則是鬆了口氣。

順花阿嬤這才牽起我的手後說：「抱歉，剛剛小媳婦對妳那樣沒禮貌，我覺得很不好意思。」

「沒關係啦，順花阿嬤，我沒事。」我不在意地說道：「這都還好，我還被人指著鼻子罵過呢，沒事的。」

「真不知道瑞和心裡在想些什麼，莫名其妙娶這女人進門，我非常不喜歡她。」順花阿嬤無奈搖頭說道：「真不知道瑞和喜歡她哪一點？」

我安慰著順花阿嬤說道：「兒孫自有兒孫福，阿嬤，這種事情只有當事人才知道他喜歡什麼。」

順花阿嬤有點無奈地看著我說：「妳剛剛也看到了，她全身上下都是名牌，好像怕別人不知道家裡多有錢，她是個愛慕虛榮的女人。」

「喜歡名牌也沒有罪啦。」有的人喜歡用名牌，至於炫富與否就要看個人如何看待了。

順花阿嬤有點氣惱地望著我說：「這幾個孩子會這樣殷勤追著我跑，還不是想要我名下的那幾間房子。他們喔，都巴不得我趕快走掉，好分了我那些財產。」

順花阿嬤有點無奈地說道：「前幾年看我的老姊妹被小孩那般對待，我就立誓，不到我死後，我是絕對不會分財產的。就算要被政府課稅，也沒有關係。因為我實在不相信人性。」

順花阿嬤已經年近杖朝之年*，人生歷練豐富，即便如此，在面對家中一眾兒女，依舊是難斷家務事。特別是前幾年，在初診斷之時，她在經歷生死交關的苦難，進而看透人生。也許唯有苦難，能真正淬鍊出人在內心深處的最真實的自己。

順花阿嬤的小媳婦算是一點小插曲，那次以後便沒再看過這位小媳婦來過。或許是因為發現沒辦法從順花阿嬤身上撈到好處，所以不來白費力氣。但有時候，其他兩位媳婦還是會跟著老公一起來探望阿嬤，相較之下她們就比較聰明，到病房時都很低調，對我們也很和善客氣，大部分時間都靜默不多話。

而此時，晴雯那邊有點狀況發生，本來手術後傷口都癒合得不錯，某天齊雲神祕兮兮地拉著我到休息室去。

「學姊，我今天覺得晴雯的肚子怪怪的。」

---

* 杖朝之年：八十歲。

齊雲是老經驗，如果她說奇怪就一定有問題，我好奇望著她問：「怎麼說？」

「晴雯手術後幾天肚腹就消下去，沒有開刀前那般微微脹大。可是最近我發現傷口正中央有點突起。」齊雲擔憂地望著我說道：「特別她又是子宮惡性肉瘤，這種腫瘤長得特別快。」

這就讓我有點心驚肉跳了，齊雲的顧慮並非不可能，雖說林怡津在手術當下已經把子宮與附屬器官都清除掉，但是對腫瘤來說，則是提供一個空間可以繼續生長。

我拉著齊雲到晴雯的病房，假借身體理學檢查之由，為晴雯細細檢查腹部，跟著我就找來李淳皓。

「李淳皓，我們為晴雯安排超音波好不好？」我提出自己的假設，「我怕裡面的腫瘤恐怕正開心地肆意成長著。」

李淳皓向來不會質疑我的臆測，於是我們讓晴雯到超音波室接受檢查。

當檢查完畢後，我跟李淳皓打開電腦，一看以後真是不得了呀。晴雯的肚皮下方新長出了一顆腫瘤。

這可真是壞消息呀。當林怡津知道以後，大抵心中有數，於是我們抓緊時間為晴雯施打第一次化學治療。

這是一場與腫瘤賽跑的戰爭，既然腫瘤會長大，我們便趕緊施打化學藥物來抑制它。希望開始化學治療以後，晴雯肚子裡的腫瘤會消滅，不要再繼續變大。

當晴雯了解情況後，心情盪到谷底，雖然我們依舊鼓勵她不要輕易放棄，但是從她的眼神裡，我讀到了一絲落寞與擔憂。

對於癌症病人來說，面臨腫瘤細胞失控壯大，真的不是好消息。而癌症侵襲造成生命的威脅，病人又得要面對未知的未來，難免心中惶惶終日。

這段時間，我有空就會去陪晴雯說話，排解她心中的恐慌與害怕。因此晴雯也告訴我許多她家中的事情。

晴雯的父親早逝，她與哥哥是母親獨自拉拔大的。而哥哥新婚第二年，在一次意外中過世，留下未滿一歲的兒子與新婚妻子。而晴雯的嫂子在孩子滿三歲的時候，遇上了現在的先生。愛情勝於親情的考量之下，嫂子把兒子留給婆婆，然後與現任丈夫結婚離去。

晴雯為了母親與姪子的生活，跟著老闆到大陸打拼，她努力工作存款，除了想給母親好生活之外，也想拉拔姪子長大。幸好姪子十分乖巧懂事，這次晴雯生病，週末假日姪子總是來探望姑姑，順便陪伴阿嬤。

晴雯雖然沒有結婚，但是她對姪子視如己出。某天晴雯問我，如果腫瘤失控治不好，她約莫還剩多少時間？

這又是個很難回答的問題，任誰都沒有標準答案，我只能告訴晴雯，好好享受每一天。因為意外與無常，哪一個會先到，任誰都不知道。我們這般渺小，唯一能做的就是過好每一天。

晴雯在我的建議下，開始書寫心願清單。從環遊世界、到埃及騎駱駝看金字塔、非洲採咖啡果並且自己烘培咖啡、去洛磯山脈開車自駕行……

那時我才知道，晴雯預先準備了一千萬的環遊世界基金。她本來預備退休之後帶著母親與姪子四處遊玩，無奈計畫趕不上變化，疾病來得如此突然，讓她只能躺臥在床鋪上想著，是否還有機會能實現夢想。

面對晴雯這般難處理的狀態，我心中總帶點遺憾。因為她的疾病進展來勢洶洶，說真的我也沒有把握。特別是子宮惡性肉瘤，這種腫瘤很難纏且不好治療。對於化學治療的效果有限，一般照護指引建議能切除乾淨就要盡量清除乾淨。可是像晴雯這樣，手術切除後，沒多久時間又長出新腫瘤，真的不是件好事。

而林怡津告訴我，總而言之，就放手一搏吧，別想那麼多。

而同時期，順花阿嬤的病情也逐日走下坡。順花阿嬤這次復發部位主要在後腹腔與主動脈旁淋巴結，針對後腹腔的腫瘤，林怡津為她安排放射線治療，然後合併化學治療雙管齊下，此舉就是希望能一舉殲滅復發腫瘤。

某天我去探望順花阿嬤的時候，覺得她的臉色有點泛黃，直覺反應擔憂可能是黃疸，於是為她安排抽血檢驗肝功能，意外發現肝功能指數上升，在安排腹部超音波後發現肝臟出現的轉移腫瘤。

林怡津坐在電腦前面，臉上透出一絲愁苦，最近她的病人狀況連連，我想她一定正傷腦筋後續該怎麼治療。

「Pembrolizumab！」林怡津突然眼睛一亮跟著望著我說：「我來跟阿嬤說，不如來嘗試用Pembrolizumab來治療看看。」

所謂癌症是人體的細胞突變，所以它不是外來的病毒，癌症腫瘤本身就是你的細胞，只不過它們發瘋跟著就造反了。為了消滅這些造反的壞細胞，人體的免疫系統中的T細胞，會吞噬腫瘤細胞。不過，T細胞有可能會殺紅了眼，然後不分青紅皂白，把你體內的好細胞一起消滅了。為了防止這一點，T細胞上有一個按鈕，它叫做PD-1，關掉PD-1按鈕，T細胞就被關機了。不幸的是，腫瘤細胞發現了T細胞的弱點。於是癌細胞分泌了一種叫PD-L1的觸手，這隻觸手可以關掉PD-1按鈕，進而關閉T細胞追擊癌細胞的功能。

而Pembrolizumab是一種免疫藥物，就是幫忙把T細胞上的PD-1開關給打開，讓T細胞又可以重新去攻擊腫瘤細胞，達到治癌的效果。

因為免疫治療是新穎的治療方式，藥物甫上市不久，所以病人大都需要自費使用，且此藥物非常昂貴。如果願意施打，一個月要花費二十萬元左右，而且不一定百分百有效，大約有三分之一的病人對藥物有反應。

林怡津跟順花阿嬤說明目前的情況，然後提出做免疫治療的想法，阿嬤毫不猶豫立刻答應。對順花阿嬤來說，錢不是問題，只要花錢能夠達成續命的目標，每個月花二十萬算得了什麼。

後來順花阿嬤還對我說，錢財乃是身外物，她要是死了也帶不走，如果能花點錢還能活久一點，是件很值得的事情。

這天，我去找順花阿嬤，跟她衛教注射免疫藥物的注意事項。藥物有作用自然也有副作用。免疫藥物是經由活化原先被腫瘤細胞抑制的T淋巴球，恢復免疫機制的正常運作來攻擊癌細胞的藥物，但如果免疫機制反應過度，則有可能引發過度刺激的炎症不良反應。還好絕大部分的副作用經由停藥和適度投予類固醇即可改善，早期發現並遵循醫師指示用藥也有助於降低副作用。

阿嬤聽了我詳細的衛教之後點頭表示了解，跟著就有點感慨地望著我。

「還好我為自己留了一點積蓄，所以才有錢可以做昂貴的免疫治療。」順花阿嬤感嘆說道：「要是當年我跟老姊妹一樣早早分了家產，我現在就只能等死了。」

我輕輕拍拍她的手後說：「不會啦，說不定妳的兒子也會拿錢出來讓妳治療。」

順花阿嬤笑了笑後說道：「這些人我可是清楚得很，我怎麼敢輕易託付呀。他們眼中除了我的錢，應該還是錢而已。」只見她神祕一笑後說道：「這些年，要不是我緊緊抓著錢不放，他們早就不理我了，怎麼可能還會常常來醫院看我。還有呀，妳上次見過的小媳婦，還記得嗎？」

我點點頭，一身名牌的貴婦，確實令人難忘呀。

「我大兒子說，那女人從結婚以後，成天去百貨公司刷卡買精品，等待帳單來了以後就叫小兒子付錢。」順花阿嬤無奈搖搖頭後說：「前幾天兩夫妻為了要不要換新的特斯拉電動車吵架，瑞和氣不過出手打了她一巴掌，小媳婦就跑去急診驗傷，說是要離婚還要一大筆贍養費，並且指名要拿走他們現在住的那棟房子。」

順花阿嬤看著我緩緩說道：「那女人的狐狸尾巴終於露出來了。」

我驚訝地張大口，原來小媳婦的真面目是這樣。

順花阿嬤微微一笑後說道：「歡場裡怎會有真愛，那女人是酒店小姐出身，當初他們是在酒店裡認識的。打從一開始，我就覺得她是為了錢才會嫁給瑞和。偏偏就只有瑞和看不清，楞小子傻傻分不清楚，還以為遇上真愛，其實是被當成火山孝子卻還不自知。」

我看著順花阿嬤，心中感慨萬千，也難怪當日她面對小媳婦是那種態度。倘若小媳婦真誠對待，也許阿嬤不會那般冷淡以對。而順花阿嬤即使擁有許多資產，但她面對一眾兒女並非母慈子孝般和諧，是那種諜對諜的場面。

這些事情沒有對錯，順花阿嬤看了好姊妹被兒女那般對待，為求自保她只能緊抱資產不放。因為她擔心一旦身邊的資產分配完畢後，會被兒女無情拋棄。

雖然我很好奇，順花阿嬤對於離世後的資產分配會是什麼，但是這實在太隱私了，我也只能把好奇心埋進肚子裡面。

而晴雯這邊，在病況上也起了點變化。雖然我們幫她施打化學治療，剛打完第一週，似乎還看不出什麼效果。第二週之後，她的肚腹一天比一天隆起，我暗自擔憂，她的肚子裡面腫瘤正在肆意壯大之中。

於是林怡津又再度安排超音波檢查，果不其然，腹中的腫瘤又長大許多，而且周遭血管充盈使得腫瘤的血流豐富。腫瘤的囂張姿態，似乎在向我們宣告，這一次是它占了上風。

「哎呀，接下來該怎麼辦？」林怡津一臉愁苦地看著我，失落地說道：「這腫瘤真是難搞定。」

我搖搖頭後無奈地說道：「這就是子宮惡性肉瘤難纏的地方，妳切掉、他就再長。妳再切，他就又有空間可以長。」我拍拍林怡津的肩膀後說：「看來化學治療的效果也不好。」

「她還那麼年輕，我真的不想放棄。」林怡津望著我問，「不如我們改變化療的藥物種類。」

我想了想，眼下好像死馬當活馬醫一樣，也只能盡力試試看了。

於是我點頭後說：「改試健擇加歐洲紫杉醇嗎？」

林怡津點點頭，「上次打小紅莓，效果似乎不佳，這次改用健擇加歐洲紫杉醇看看。」

我算算時間，「林醫師，下週才滿二十一天，我們下週就打這個組合。」

林怡津輕揉鬢角深吸口氣後說：「那先這樣吧，希望腫瘤別長太快，下週用藥之後讓腫瘤一槍斃命。」

臨床上，依據癌別與細胞型態不同，會給予不同的化學藥物種類。婦科癌症現以太平洋紫杉醇為首選，而子宮惡性肉瘤則是以小紅莓為首選。臨床上以三週施打一次藥物，六次循環為一次療程。

而像晴雯這般棘手的惡性肉瘤，在藥物選擇上就比較彈性，會依病人對藥物治療反應隨時調整。

於是，我們為晴雯更改了化學藥物，第二次化療改施打健擇加歐洲紫杉醇。我們對這個藥物寄予厚望，希望它能對晴雯身上的腫瘤有點反應，給予重擊。但是打完第二次化療後兩週，晴雯的肚子持續變大，我們知道應該是沒有效果。

病情急遽變化之際，晴雯也感受到病情正在走下坡。眼看她持續變差，晴雯的母親心情低落，我把母親帶到護理站的協談室內，想跟她單獨聊聊。

我望著晴雯母親問道：「伯母，我知道妳心情不好，是因為擔憂晴雯的情況嗎？有什麼是我可以幫上忙的嗎？」

聞言讓晴雯母親低聲哭泣，她淚眼婆娑地望著我，「樂樂專師，晴雯是不是沒有救了？她會死掉對不對？」

我輕撫晴雯母親的後背，又遞上面紙後說：「晴雯的情況正在走下坡，雖然林醫師很努力地想要救治她，可是她的腫瘤實在太難纏。」

「在她哥哥意外過世以後，我只剩下晴雯在身邊，我不知道如果失去她以後，未來又該怎麼活下去？」憶及悲痛傷心之處，晴雯母親痛哭失聲地說道：「老天爺怎麼這麼無情，當年我先生因為職災過世後，我獨自一人拉拔他們兄妹倆長大，後來兒子新婚沒多久，又因為車禍意外過世。現在身邊就只剩下晴雯，卻偏偏讓她得了這種病。」

「伯母，妳還有孫子呀。」我提醒晴雯母親，「妳不會是獨自一個人的。」

晴雯母親點點頭後說：「嗯，我還有小恩。」只是她突然又悲從中來後說：「可是小恩還那麼小，我……我不知道……」

小恩是晴雯哥哥留下的兒子，已經上大學，我與他見過幾次面，是個很乖很和善的孩子。對晴雯母親來說，如果晴雯走了，就只剩下孫子與她相依為命。

十八年前送走了晴雯的哥哥，這次又要面對晴雯可能治不好病，二度白髮人送黑髮人的傷悲，盈滿她的心底。

「伯母，我能體會妳的傷心與捨不得，妳曾經跟晴雯提過這些嗎？」我握住她的手。

晴雯母親搖搖頭後說道：「我不敢說也不敢主動提。」

面對家人可能在不久的將來會過世離去，多數人選擇避諱不談，但這其實十分可惜。因為只有透過談話，可以更了解家人彼此之間，互相的不捨與眷顧。

「也許晴雯也很捨不得妳和小恩。」我提醒著她，「我覺得，妳們可以試著聊一聊，說說看對於這次生病的想法，還有對於未來的安排。」

晴雯母親面上掛著兩行清淚，悲切地說道：「未來的安排？」

「也許妳會覺得我很唐突，但是我認為有些話有些事，要提早一點準備。無論是面對疾病的想法，還是她身故後的安排。」我緊緊握住她的手說道：「不只是妳會捨不得晴雯，對於晴雯來說，面對日益隆起的肚子，她應該已經心裡有數，治不好病了。」

我的話讓晴雯母親有點驚呆。

「伯母，我沒有詛咒晴雯的意思，我只是希望妳們能把握每一刻，盡早把對彼此的不捨與交代講出來。」因為臨床看太多遺憾，所以我寧可當開第一槍的壞人，及早讓病人及家屬面對目前病情不好的狀態。

早點說破好提早安排，總好過最後留下很多未知的問號，而且如果有需要和解的事情，更要趕緊說出來跟執行，避免留下遺憾。

晴雯母親點點頭，雖然我不知道她是虛應我還是真的懂了，總之，我提點她如果有事情要安排得要盡早，別等到最後一刻空留遺憾。

在我跟晴雯母親會談之後沒多久，林怡津在面對晴雯病情日益變差的情況下，提議讓安寧團隊來共同照護。

我讓楊佳齡來跟晴雯談談話，也順便想知道她還有什麼想做的事情，得趕緊把握剩下不多的時光去做。

楊佳齡引導晴雯完成四道人生，透過道謝、道愛、道歉、道別，回顧自己的一生，是否還有什麼遺憾未竟。而四道人生的習題，並非等到臨終之時才去執行。鼓勵病人趁意識清楚來回顧自己的一生，並且學會化解恩怨情仇，唯有放下遺憾，才能充滿感恩地離開。

而晴雯提出了自己的心願清單，首先她已經沒有機會去環遊世界了，這個夢想只能等未來讓小恩帶著母親去執行。她把名下的千萬存款轉為信託，等小恩大學畢業以後，每年會撥出固定款項，小恩也應允姑姑會好好讀書孝順奶奶，未來會帶著奶奶去環遊世界。

而第二項就讓我們傷透腦筋了，因為喜歡游泳的晴雯提出想要再去水中悠游一番。我第一個想到的是她的傷口，因為肚腹之中腫瘤持續變大，所以她的腹部向外突起且不停冒著些許分泌物。

傷口的狀態實在很難去讓她游泳，何況游泳池水中會不會有細菌？真的讓她去游回來以後，會不會變成傷口感染？

我還在傷腦筋這個心願該怎麼幫她完成時，某天晴雯的大嫂，也就是小恩的母親出現在護理站中。

晴雯的大嫂姓李，姑且喚她李大姐吧。她帶著水果來病房探望無緣小姑與婆婆，態度倒是謙和有禮。只是，她在小恩三歲的時候改嫁他人，琵琶別抱。在這關鍵時刻突然出現，總歸一句話，我總是覺得這契機裡帶點貓膩。

午飯時分，我跟齊雲說起此事，然後我想起了珈瑜老公，當年那位黃先生不也是在珈瑜病重的時候，突然從大陸跑回來，還大言不慚地要分走珈瑜一半房產。

「齊雲，我總覺得晴雯的嫂子，這時候跑出來，有點奇怪。」我望著齊雲說道：「明明已經改嫁了，真的會那麼有心，來醫院探望病重的無緣小姑？」

齊雲敲敲我的額頭後說：「不會吧，或許她們都有聯絡也說不定。」

「如果有聯絡，先前晴雯手術後就可以來看了，何必等到病重可能將要離世之時才來。」就是有靈感告訴我，這人不簡單。「會不會要來分錢？晴雯不是有千萬存款，莫非她想來分一杯羹？」

「憑哪一點？她真的敢開口說要分財產？」齊雲好奇地望著我。

「晴雯不是把財產信託給小恩了，她是小恩的媽媽，想分點錢來花想來應該很合理吧。」我總是把人性看得很邪惡，「總之，我覺得平常沒有聯絡，這時刻突然出現就是有鬼。」

「不管這件事情有鬼或沒鬼，我們身為旁觀者，也幫不上什麼忙。」齊雲笑著說道：「妳喔，一定是平常行俠仗義習慣了，看什麼人事物就通通有鬼。」

齊雲的話在理，就算有鬼我也只能在旁乾著急，畢竟這是人家的家務事。不過，我想晴雯跟伯母那麼聰明，會早早辦理好信託，應該就是避免有人覬覦那千萬存款，而使出些陰謀詭計之類的。

晴雯這事就暫且放下，順花阿嬤那邊，接受過免疫藥物治療後，阿嬤就先出院，然後每三週返回住院接受治療。

幾次藥物注射後，順花阿嬤的情況逐漸穩定，看來她十分幸運，是屬於對藥物有反應的那一個族群。

幾次住院期間，順花阿嬤也陸續透露她小兒子與小媳婦那場離婚訴訟的進度。順花阿嬤雖然把持著大多數房產，但是她公平地分給兒子一人一間房子，讓他們不用為了沒有固定住居所煩惱。而小兒子曾經哀求過順花阿嬤給他兩百萬去堵住小媳婦的嘴，讓她趕緊向法院撤告。順花阿嬤毅然決然地拒絕他，因為她知道這是個無底洞，一旦有了第一次就會有第二次。貪婪的心是填不滿，一次兩百萬、再一次五百萬，那麼接著可能就是千萬以上才能擺平。

順花阿嬤的心就像是明鏡一樣，什麼事情都看得透徹清晰，她也透露，其實已經早早立好遺囑，等她真的走掉之後，律師方會公開遺囑內容，屆時兒子們才會知道最終能夠得到什麼。即便兒子們明爭暗鬥，至此依舊不知道順花阿嬤心中的盤算為何。

而某次住院，順花阿嬤在言談之間，無意之中透露遺囑內容。她在幾次住院期間，把兒子媳婦彼此之間的角力戰爭都看在眼裡。大家明爭暗鬥，還以為順花阿嬤不知道，其實阿嬤看得十分透徹。她的遺囑內容，是所有兒子得不到半毛錢，等待順花阿嬤百年離世後，所有的錢都捐給慈善機構，包含幾間房產也是，子女們是竹籃打水，兩頭空。

順花阿嬤的遺囑是否為真，我不知道，畢竟得等她走了，律師公開遺囑內容後才會知道真假。但是我衷心佩服順花阿嬤對於自身財產的處理方式，也對她設立遺囑的招數感到無敵欽佩。

而晴雯的情況逐漸變差，在林怡津的建議下，轉到安寧病房去接受緩和照護。

我後來聽楊佳齡說，安寧病房裡有座泡澡機，晴雯轉過去第二天，護理師們細心地用防水敷料蓋好腹部傷口，跟著讓晴雯下水泡澡，也算是圓了她想游泳的夢想。

雖然這池水不如游泳池那般廣闊，但是讓她泡泡澡，鬆泛一下身心，讓晴雯感到莫大的快樂與感恩。

而晴雯的嫂子也去過安寧病房幾次，後來就提出想要接手照顧小恩的要求，唯一條件是她想要分走晴雯一半的財產。

當下晴雯母親生氣地趕走她，還要她永遠都不要再出現。小恩也向媽媽表明他是姑姑與奶奶養大，母親之於他不過是個名詞而已。

人性呀！貪婪呀！面對鉅額資產，果真都會有非分之心。晴雯的嫂子如此，順花阿嬤的小媳婦亦是，在金錢當前，真能把持得住的人，有多少呢？

也多虧晴雯早早將財產信託，才能免除掉母親與小恩在將來可能會面對的一些困境。所謂的信託有許多種形式，而隨著信託財產觀念普及化，安養信託快速增加，除了遺囑信託、保險金信託還有子女保障信託，近年來成為民眾保障財產的一種方式。

晴雯就是擔憂這筆鉅資受人覬覦，年邁的母親與年幼的姪子若是被人騙走金錢，最後生活無所寄託，因此早早將財產信託保管。

只是想不到晴雯還沒離世，嫂嫂早早的就跑來想分一杯羹，該說是狼子野心？還是她真心想照顧無緣婆婆與兒子？

我沒有答案，你們覺得又會是什麼？

只是透過順花阿嬤的小媳婦到晴雯的嫂子，我看穿的是人性醜陋。人的內心為了自己的私慾而忘恩負義，所思所想只有利益金錢權力慾望，所謂人性光輝也有，只是為何那般少見？

如果死後真的只剩下靈魂能帶走，這世上你苦苦所追求的一切，不過是如夢泡影。而靈魂代表什麼？是你的思想？你的靈性？抑或者是人性？

無論你覺得會是什麼，最後人生的那一刻，你能夠帶走的，不過是二十一公克而已。

第五章　親親我的心肝寶貝

月娘光光掛天頂，嫦娥置遐住。你是阮的掌上明珠，抱著金金看。
看你度晬、看你收涎，看你底學行。看你會走、看你出世，相片一大塔。
輕輕聽著喘氣聲，心肝寶貝子。你是阮的幸福希望，斟酌給你晟。
望你精光、望你知情、望你趕緊大。望你古錐、健康活潑、毋驚受風寒。
鳥仔風吹，攏總ㄟ飛，到底為什麼？魚仔船隻，攏是有腳，按怎ㄟ移位？
日頭出來、日頭落山，日頭對叨去？春天的花，愛吃的蜂，伊是置叨位？

一九九一年，鳳飛飛發行了這首歌曲〈心肝寶貝〉，歌詞中把為人母的喜悅、面對孩子的濃烈情感，於字裡行間展露無遺。

而鳳儀也曾經對著我哭訴，擔憂若是疾病治療效果不好，除了父母親與先生之外，心中最難以放下的，是她年幼的女兒。

鳳儀來到林怡津的診間，她與先生都面容愁苦。他們攜帶前一所醫療院所的資料，來尋求第二意見。

林怡津仔細看過相關資料後，建議鳳儀必須盡快開始化學治療。因為上一間醫院已經幫鳳儀手術摘除子宮與雙側卵巢，最終的病理報告是惡性腫瘤且期數為第三期末。面對這種情況，最好盡早進行化學治療，撲滅腹中的殘存腫瘤細胞。

鳳儀聽完林怡津的解釋後，淚眼汪汪地哭訴著，上一間醫院在手術後希望她盡快轉院，似乎有置之不理之態。

林怡津對鳳儀說，如果真的需要進一步處理，她相信上一間醫院因為規模不大，恐怕也是心有餘而力不足。

於是鳳儀接受林怡津的建議，辦理住院預備後續的化學治療。

安靜不多話，是我對鳳儀的第一印象。後來我在她病床邊，看見了一個小相框，裡面是她抱著一個小女孩的照片。

鳳儀常常會拿著相片，坐在床邊久久沒有說話，似乎在想著些什麼事情。

病人沒有主動說，我並不會刻意去問，畢竟這是比較私領域的事，也不好介入過多。

後來，葉心才告訴我，鳳儀常常發呆其實是在思念女兒。鳳儀的女兒五歲，是她經歷過一連串不孕症治療後，好不容易才懷孕生下。算算鳳儀今年四十五歲，也就是在四十歲那一年才生下唯一的寶貝女兒如如。

鳳儀住院期間，將女兒委託娘家母親照料。因為女兒從出生後，鳳儀就辭去工作專心照顧孩子，如今為了治療疾病而與女兒相隔兩地，鳳儀心中總是對孩子牽腸掛肚。每天她要與孩子視訊好幾回，結束後偷偷在病房裡流淚。如此鬱鬱寡歡，讓我忍不住想特地去關心她。

這天下午，我悄步走進病室，鳳儀正躺在病房上望著天花板發呆，她手上正拿著女兒的照片。

我走到她身邊輕輕出聲喚道：「鳳儀，妳還好嗎？」

鳳儀轉過頭望著我，只見她眼眶微紅且眼皮微腫，看來她才剛剛哭過而已。

我走過去輕輕握住她的手問道：「是身體哪裡難受嗎？方便讓我知道嗎？」

鳳儀輕輕搖頭接著哽咽地說道：「如如在想我，她剛剛問我怎麼還不回家？還說她以後會乖，要我別把她留在阿嬤家。」鳳儀忍不住傷懷便嗚咽地哭了起來。

稚子童言童語，殊不知竟惹得母親這番難過傷心。

我輕輕撫著她的背，只見鳳儀抽抽噎噎地掉著眼淚。

「鳳儀，妳一定很想女兒吧，所以聽到女兒這麼說，難怪妳會這樣傷心。」我帶著節律輕輕地拍著她的背，「如果哭出來會舒服一點，我就在這邊陪妳。」

鳳儀淚眼汪汪地望著我，跟著說道：「樂樂專師，我好害怕。」

我望著她的眼睛問：「怕什麼？」

「我怕治不好病可能會死掉，那就看不到如如長大了。」鳳儀傷心欲絕地對我傾訴著，「我結婚十年生不出孩子，後來去做了不孕症治療，第二次才成功生下了如如。那時候，我整整痛了兩天兩夜才生下她，在產房裡面，當如如哭聲響亮的時候，我知道，從那一刻起終於實現當媽媽的夢想。」

鳳儀擦擦眼淚後繼續說道：「因為我想要陪伴如如成長，不想錯過任何一個珍貴的時刻，所以我辭去工作，專心在家帶如如。從如如長第一顆牙齒、第一次翻身、第一次會坐、會站、會走，我通通都在她身邊。」鳳儀望著我輕輕嘆了口氣說：「這次是她出生以來，我離開她最久的一次。」

母親與子女之間的連結，任何事物都無法打破。特別是像鳳儀這類病人，與孩子幾乎整日形影不離，現在卻為了要接受治療，被迫分隔兩地。雖說完成治療後就可以返家見面，但是其實鳳儀心底最害怕的事情，並非這幾日短暫的離別。

鳳儀最擔心的是後續如若治療效果不彰，那麼還有多少時日可活？是一年？五年？還是十年？

這是個沒有答案的問題，我想無論是誰都不敢輕易給出答覆。我能夠做的就是，幫助病人說出心中的悲傷與協助他們面對並且處理之。畢竟哀傷久了，也會影響到生理，讓身體狀態變差。

「鳳儀，其實妳真正害怕的是，能不能夠把病治好？是否生命的時間會變短？」我直接說出她心中的疑慮，然後試著幫她釐清疑惑。「如果是這樣，妳是否曾經跟先生討論過這些事情？」

鳳儀搖搖頭又嘆了口氣後說道：「其實，我這次會跑去之前的醫院手術，有一半是因為我先生的關係。」

此話怎講？我微皺眉頭望著她。

鳳儀輕嘆口氣後說：「幾個月前，我就隱約覺得有時候下腹部會有點悶痛，那時候去家裡附近的婦產科診所看診，醫師建議我到大醫院檢查清楚。先生說怕我萬一需要住院，他沒法請假照顧我，所以我只能帶著女兒回南部，到娘家附近的醫院治療。想不到結果會變成現在這樣。」

鳳儀兩手一攤後說：「也許是我命不好，我先生為了家族事業，整日忙碌，有時候一週都見不到幾次面。我也不敢奢求如果真生病倒下了，他會撥時間到醫院照顧我。」

鳳儀望著我有點無奈地說道：「他應該也沒料到現在會變成這樣。」

「所以妳怨恨先生嗎？」

「怨又有何用，都已經變成這樣了，如果真的倒下，只能算是我命不好。」鳳儀嘆息連連後說道：「或許像我媽媽說的，我就是太過獨立堅強，所以先生也覺得我可以處理好所有的事情，而忽略了我其實是他老婆，需要他的照顧。」

我不捨地望著她，跟著對她說：「妳可以試試看跟先生談一談，把妳心中的話都告訴他呀。包含上次生病住院，到這次接受後續治療，其實妳需要他的幫忙與支持。」

鳳儀苦笑著對我說道：「應該沒用吧，妳看即便我正在做化學治療，身邊需要有人陪伴，只要公司來了通電話需要他處理，他便撇下我離開了。」

我環顧四周，從我進來病房都已經快一個小時，鳳儀身邊真的沒人守著。只見她無奈苦笑著說道：「他總是說很快就回來，但是帶了便當回來給我以後，就消失到現在。」

我感受到，其實鳳儀需要有人陪伴，這時候的她，心裡極其脆弱。尤其是像鳳儀這般，剛剛被診斷出癌症而且必須接受進一步的治療，在面對未知的未來，她們終日惴惴不安，心裡更需要至親之人的陪伴與關懷。

唐代女詩人李冶這首詩說得極好：「至近至遠東西，至深至淺清溪。至高至明日月，至親至疏夫妻。」關於詩文的解釋是，最近也是最遠的是東與西，最深也是最淺的是清水溪流。最高也是最明的是日和月，最親也是最疏的是夫妻之間。

夫妻說親近也親近，但兩人又無血緣上的緊密結合，唯有一個情字相連。如若不愛了，夫妻要說疏遠，也可以很疏遠。

當然我不知道鳳儀與先生是否已然疏遠，但是鳳儀的心中已經有了答案。從她診斷疾病之後，自接受手術到如今的化學治療，先生從未將她擺於第一位。但是先生這樣的作法是否有錯？並非我能評論，只感受到鳳儀心中滿滿的抱怨與遺憾。

當下我也只能鼓勵鳳儀正向面對未來幾次的化學治療，期盼能夠打贏這場仗並找回健康陪伴女兒成長。

與鳳儀加油打氣後，我回到護理站，齊雲好奇問我剛剛去哪裡又做了些什麼？

我把與鳳儀的一番對話簡略地告訴齊雲，只見她聽了以後直搖頭。

「鳳儀的先生好像很忙，但是我總覺得那一種忙，是一種推託的忙碌。」

我不解地望著她，「推託的忙碌？」

「就是有藉口的那種，之前我也遇過很多家裡開公司的病人家屬，大部分還是以照料家人為優先，公司的事還有其他人可以處理。不一定得要事事親力親為。」齊雲感傷地望著我說道：「我也很同情鳳儀，她不只一次在病房裡面哭泣，我想她一定很害怕與無助。」

面對可怕的疾病與未知的治病效果，鳳儀一定感到十分恐懼。這時候的她亟需有親人陪伴與支持，但最親密的先生卻好似已經疏遠了一般。

年輕時鳳儀與先生愛得火熱，情感濃烈得缺誰都不行。但是經歷過許多事情以後，或許那份濃烈情感已經改變，甚至變得相看兩相厭。從本來的相敬如賓，成為相敬如冰。只是先生還在鳳儀罹患重症之時，情感如此疏遠，也難免鳳儀為此產生怨念。幸好鳳儀將情感轉移到女兒身上，她有所寄託才知道該為誰來努力，爭取活下去的機會。

而佳姿的故事也跟鳳儀有著異曲同工之妙，佳姿是位二十八歲卵巢癌復發的女性，她十九歲那年被診斷出單邊卵巢生殖細胞癌，治療後情況一直很穩定。後來父母親牽線介紹佳姿的前夫認識，佳姿本來不願意結婚生子，卻礙於父母親的期待，後來順利結婚並生下兒子。

看似幸福的兩人，卻因為婚後與婆家人相處關係不好，加上許多育兒觀念與婆婆發生諸多衝突，最後佳姿選擇帶著兒子先搬到外面去住，她對前夫說：「你無法選擇父母，我體諒你必須是個盡孝的兒子。但請你體諒我，無法繼續跟你一同奉養父母。」

佳姿此舉惹得前任公婆甚為不滿，動念逼迫兒子把孫子帶回來。前夫夾在中間，面對父母與佳姿兩方十分難為，後來索性不回家。於是前夫躲在公司裡加班，後來跟同單位的女同事一起喝酒吃飯，前夫對女同事傾訴在家中遭遇到的兩難。沒多久時間，某回酒後兩人就去了汽車旅館，至此前夫與女同事轉變為外遇的關係。

佳姿透過前夫同單位的同事通風報信，知道了這件事情，她也明白所謂的夫妻之間的情愛，在這些年裡，因為與婆家人言語摩擦中，已然消磨殆盡。

於是，她理性地跟前夫坐下來談判，跟著坦率地簽下了離婚協議書，唯一條件是她要帶走兒子。前夫因為自知理虧，便未多加刁難，兩人平和地協議離婚。

離婚後的佳姿，選擇重回工作崗位，她把兒子託付給住在中部的父母親，獨自一人在北部上班賺錢。每逢假日返回中部探望兒子與父母，生活與精神上都有寄託。

但是前任公婆卻常常打電話給佳姿，希望能帶小孩到他們家走走。本著血緣天性，佳姿也不好拒絕，但是第一次帶小孩到前公婆家中，佳姿本以為只是幾小時就好，前婆婆卻一把想搶過孩子，希望能夠留下小孩於前夫家過夜。

因為這個搶奪的動作，嚇到小孩與佳姿。孩子哭鬧不止，前公公氣惱地想搶了孩子過來然後趕佳姿出去。

當下佳姿奮力抵抗，孩子被兩方大人拉拉扯扯，痛得哇哇大哭，幸好後來前夫返家，喝斥父母停止荒誕的行為。佳姿趁隙趕緊抱著孩子倉皇逃離前夫家。

也因為這個舉動，讓佳姿對前公婆有了戒備之心，後來她打電話給前夫，要他好好勸勸父母親，想要看孫子她必然不會阻饒，但是這番搶人的動作實在太過讓人驚恐。

此時，前夫告訴她以後不會有類似的事情發生，因為外遇對象已經懷孕，很快的他們家就會有新的小生命誕生。

有了前夫此番言論保證，佳姿稍稍放心下來，也果真接下來幾個月，佳姿手機不再出現前公婆的電話。正當她以為事情應該到此為止的時候，某天下班卻接到爸爸的來電，說是前公婆跑去她臺中老家，按了門鈴後一群人衝進門直接抱走了兒子，然後坐上門口的車子，感覺是預謀搶走孩子。

佳姿氣惱地衝到臺北的前公婆家，按了許久門鈴都沒人前來應門。她又打電話給前夫質問他是什麼意思，為什麼要搶走小孩。

前夫無奈表示，他跟外遇對象已經分手，原來外遇對象流產了，又聽說他的父母不是好相處的人，於是主動求去。

前夫提出要求，希望佳姿讓兒子回前夫家住幾年，讓渴望抱孫的父母稍稍緩解想和孫子一同生活的焦躁情緒。

佳姿自然不肯同意這項條件，她跟父親去警局報警備案，說明是前公婆誘拐兒子，警察希望前公婆交出小孩。然而此時，前公婆卻主動提出訴訟，要跟佳姿爭奪孫子的撫養權。

佳姿傷心之餘，與前夫一家人走上法院，當官司打得火熱之時，佳姿發現癌症復發。而佳姿挺著身體接受治療，她的信念就是必須好好活著，贏了官司之後把兒子帶回身邊。

而很巧合的就是，佳姿與鳳儀住在鄰近床位，兩人的遭遇如此之相近，聊過幾句話後，發現意外投機且為彼此打氣加油。

這天下午我去巡視病人接受化學治療後的反應與副作用。走進佳姿與鳳儀的病室裡，剛問了鳳儀幾句後，就聽見隔壁床的佳姿正在講電話，聽她的語氣有點急促與氣惱。

我微微皺眉，鳳儀看出我的疑惑於是壓低聲音告訴我：「是佳姿聘請的律師，他們正在討論後天開庭的事情。」

噢，佳姿為了孩子的撫養權與前夫對簿公堂，居然這麼快要開庭了。

「佳姿的前夫還挺賤骨頭的，明明當初講好孩子歸她，現在卻矢口否認，說是當初佳姿強硬搶走孩子。」鳳儀帶點鄙夷的口吻說道：「前夫推翻了之前的離婚協議內容，並提議重新訂定協議。」

我不是很了解當初佳姿與前夫辦理離婚的時候，有無白紙黑字寫下，孩子的監護權歸誰，探視權又如何訂立，但是前公婆直接去她家把小孩抱走，這件事情真令人無言以對。

「鳳儀，難道佳姿跟前夫之前的離婚協議內容只有口頭承諾嗎？」我好奇地望著鳳儀問道：「包含孩子撫養權歸誰，有無共有資產，贍養費給予等等。」

鳳儀搖搖頭後說：「當中的細枝末節我也不是很清楚，佳姿告訴我，當初因為是前夫發生外遇而離婚，那時候她因為很傷心難過，與前夫的離婚辦得匆促，內容沒仔細看清楚，關於兒子的撫養權也只是口頭承諾而已。離婚協議書上只有寫明小孩共同扶養，並沒有寫清楚是由女方為主，男方為輔。另外佳姿也沒有要求贍養費，只說每年須由男方支付十五萬元作為小孩的生活費與營養津貼。」

離婚協議書中所要協議的實際約定內容，可能會因人而異。也就是一般所謂的離婚條件。這些條件大多與夫妻財產及未成年子女的監護權益之行使負擔、探視方式等有關；有些可能還會涉及贍養費、扶養費或其他特定條件的約定。

不清楚當初佳姿在辦理離婚的時候，是否有把這些事情都寫清楚，如果沒有白紙黑字寫下，唯有口頭承諾，容易衍生出反悔等等情事。

倘若真是如此，還真是難辦了。不過，走上法庭訴訟，並不代表佳姿會輸。希望佳姿的律師可以幫助她，搶回孩子的撫養權。

而所謂共同撫養、共同監護權是由爸爸和媽媽，雙方共同取得未成年子女的監護權。雙方各自都是孩子的法定代理人。但要特別注意的是，當孩子是在共同監護的情況下，應該約定由爸爸或媽媽誰才是與孩子一同居住的主要照護者，由同住的爸爸或媽媽負責孩子主要生活照顧義務，也有權力決定孩子的日常生活事物。但若是有關於孩子的重大事項決定，則仍然需要父母雙方同意才可行。

我衷心期盼，佳姿能保有小孩的共同監護權。我對於搶走孩子的前公婆很感冒，總覺得他們使用蠻力硬搶，這樣根本沒有站在孩子方著想過。會有如此瘋狂的舉動，必定又是想要留下孫子，以延續家中香火之類的想法。

等佳姿掛上電話後，她走到鳳儀床邊望著我，跟著有點擔憂地說道：「樂樂，能不能請林醫師幫我一個忙嗎？」

我望著她好奇問道：「怎麼了？」

佳姿帶點憤恨及無奈地說道：「我前夫向庭上遞狀，說我生病無法照料孩子，希望把親權歸還給他，你們能夠幫我證明，我除了需要定時回來做治療外，其實我還有謀生及撫養孩子的能力嗎？」

我張大口驚訝地望著她，作夢也沒料到，前夫會使出此下賤的招數。

「這太過分了吧，居然用這麼下流的手段，想要把孩子搶走。」鳳儀忿忿不平地望著佳姿，「那妳的律師怎麼說？」

「律師說我有存款而且名下也有房產，加上我有固定工作，基本上他們的要求並不合理。只要我提出目前我的疾病屬於穩定狀態，我就站得住腳，能保有孩子的共同撫養權。」佳姿望著我懇切地問：「那診斷書……」

「自然沒有問題，」我拍拍她的肩膀後說道：「我等等跟林醫師說一下。」

佳姿終於鬆了口氣，面上也終於有了笑容。能夠提供些許協助，我們必定義不容辭。只希望佳姿的事情可以盡早露出曙光，有好消息傳來。但偏偏就是屋漏偏逢連夜雨。佳姿的事情尚在混沌不明之間，沒能看出好壞。鳳儀這裡也出了亂子，她婆婆到病房來，表面上是要探視她並關心目前的治療進展。實際上卻讓人氣惱地想拿掃帚趕她離開。

鳳儀的婆婆帶了一盒燕窩在病床旁坐定後，開口就問她：「阿禮又回公司了？」

阿禮是鳳儀的先生，幾次住院雖然都跟她一起來，但是大多數時間都沒有守候在病房裡面。

鳳儀點點頭並望著婆婆好奇問道：「媽，妳今天怎麼會來？我後天就出院了，阿禮才說這週末要回去看看你們。」

婆婆微微一笑後看看四周，「妳也不住好一些，怎麼住三人房？人多嘴雜又這麼吵，晚上能睡好嗎？」

「住院幾天而已，沒關係。」鳳儀不以為意地說道：「況且晚上我都讓阿禮回家休息，不用留在這裡陪我。」

「是喔。」婆婆一副好似原來如此的表情。

鳳儀明白，先生是家中獨子，又是公司的總經理，自然對生活品質有一定的要求。怎麼能委屈他窩在健保房裡過夜，所以這幾次住院打化學藥，夜間都是她一個人獨自待在醫院裡而已。

她是平常人家出身的子女，又喜歡熱鬧，要是真住進單人房裡，恐怕只落得孤單沒有人能夠對話，倘若那般可就是無限靜默與寂寥呀。

婆婆望著鳳儀跟著說道：「鳳儀，治病這麼久，我想我心底有些話，不得不說出來，剛好今天阿禮不在這裡，我趕緊跟妳說清楚。」

鳳儀望著婆婆好奇她到底想說些什麼。

「我們家一直是一脈單傳，到了阿禮這一代，卻遲遲沒有男丁出生。」婆婆望著鳳儀意有所指地說道：「我知道生男生女都不由人決定，但是我心裡可是非常著急。」

婆婆一番話聽著讓鳳儀覺得一驚一乍地，當初會做不孕症治療，也是因為她的肚皮遲遲沒有消息。但是努力那麼久，卻還是只有如如一個孩子。

「後來妳生了如如，雖然是個女孩兒，但是說到底妳還是為我們家開枝散葉了。那時候我想，妳有了第一個，很快就會有第二個、第三個，可是這麼多年過去了，妳不但沒有再生孩子，身體還出了狀況。」

這席話讓鳳儀的腦門像炸開似地，莫非婆婆這是來……

不對呀，她為了活下去，已經把子宮卵巢都摘除了，要說生育這事已經是不可能的任務。

「媽，妳也知道我得的是癌症，要是不一次斬草除根，可能連命都保不住。」鳳儀懇切地說道：「況且我也不願意得上這種病。」

婆婆點點頭後說：「妳自然是不願意的，有誰會願意得癌症呢？」

這話聽來似乎挺體恤鳳儀，但是婆婆話鋒一轉望著她說：「但是妳知道阿禮是獨子吧。」

鳳儀點點頭。

婆婆接著又說：「既然妳都知道，那麻煩妳給我們一條活路吧。」

給一條活路？鳳儀微皺眉心，這又是什麼意思？

「妳跟阿禮離婚，還給他自由吧。這樣阿禮可以再去找別人幫我們家延續香火。」婆婆看著鳳儀說道：「我們也不會虧待妳，再怎麼說妳也為我們家生過孩子，應該分給妳的錢財房產，自然一樣都不會少。」

當下鳳儀以為聽錯了，這像是從同為女人的婆婆，口中所說出的話嗎？

原來女人的價值就是幫夫家產子，而且必須是男孫才行。一旦妳因為生病、或是其他因素生不出孩子，就不再具有任何價值，他們就會像棄子一般，將妳拋開捨棄不要了。

鳳儀緊握拳頭，忍住心中的憤恨與怒火，婆婆似乎沒察覺出她的異狀。

只見她繼續巴拉巴拉地說道：「本來嘛，要是那時候妳生完如如就接著趕緊再生下一個孩子，說不定現在已經生下好幾個孩子了，偏偏那時候妳就說要自己帶如如，總是抽不出時間再去做不孕症治療。妳也別怪我們無情，我們背負著傳宗接代的壓力，要是真在阿禮這一代斷了香火，我跟妳公公百年以後，去了地底下，不知道怎麼面對祖先們。」

鳳儀正想開口反駁之時，唰地一聲，一旁的床簾被人拉開。

原來是佳姿在隔壁把這些亂七八糟的話都聽進耳朵裡，越聽越覺得憤恨難耐。

這位婆婆來這趟醫院，美其名是要探望生病的媳婦，實際上是來逼她離婚了。

真是讓人大開眼界了，哪有婆婆逼媳婦跟兒子離婚的，這還真是前所未聞，世界奇觀呀。

「阿姨，妳也太過分了吧。」佳姿一雙眼睛直直盯著婆婆瞧，「哪有當婆婆的跑來要媳婦跟兒子離婚的。」

「欸，妳是誰呀？這是我們家的家務事，輪得到妳碎嘴說話嗎？」婆婆也非省油的燈，只見她一副張牙舞爪地回話：「我跟我媳婦商量呢，跟妳有什麼關係？」

「講得好聽是商量，其實妳就是逼他們趕緊離婚。」佳姿盯著一旁的燕窩禮盒瞧，「還帶燕窩來咧，妳還真是好心呀。」

婆婆被佳姿這番話堵得不知道該怎麼回應，只能支支吾吾地說道：「我……我也只是……只是好意來提醒……」

「好意提醒？要不要離婚還得看夫妻雙方的意願吧，阿姨，妳這局外人提什麼醒呀。」佳姿一副要把婆婆吞下肚的模樣驚得她起身欲逃。

「當然阿禮或許近日就會跟鳳儀說這件事情。」

鳳儀驚訝地睜大眼睛望著婆婆問：「媽，妳說阿禮也贊成離婚這件事情！」她做夢也沒想到老公居然想離婚，只是來開口的人是婆婆。

婆婆索性把話給說開：「阿禮跟他的祕書已經交往很久了，而且祕書懷孕三個月了，我們怎麼樣都得負起責任吧。」

鳳儀覺得自己的天已然崩塌，先生外遇了，不只吃窩邊草，而且小三還已經懷孕了。重點是婆婆特地到醫院走這趟，便是希望把小三給扶正，讓她這個已經不會下蛋的正宮母雞讓出位置來。

佳姿聽了她這席話只覺得憤怒上火，只見她拿起一旁的燕窩往婆婆懷裡面塞，跟著開口趕人說道：「走走走，順便把這盒噁心的燕窩也帶走，誰要你們假惺惺地來看鳳儀，搞半天原來妳是來拆散人家家庭的。」

婆婆懷裡抱著燕窩，一副窩囊樣，她又想開口說些什麼時，立刻被佳姿推出床簾外，鳳儀的情緒瞬間潰堤，她難過地大哭，想著這些年的夫妻情感，居然這般脆弱。

佳姿趕走婆婆後，回到鳳儀病床邊，她望著滿面淚水的鳳儀，心中滿是不捨，於是就上前抱住了她。任由淚水潰堤的鳳儀，哭倒在懷中。

鳳儀悲從中來，邊哭邊說著：「這些年，我為了要幫他們家生孩子，繼承香火，我受了多少苦？我在肚皮上打了幾百針，為了取卵每天來醫院照超音波確定卵泡的情況，植入胚胎那幾天，我連床都不敢下，都躺在床上包尿布。所有的一切就是要幫他們家生小孩。」鳳儀抽抽噎噎地望著佳姿問，「結果呢？我又得到了什麼？」

佳姿不停地撫著她的背，安靜地聽著。

鳳儀又繼續說著：「後來如如出生了，我為了專心帶孩子就辭掉工作，一心一意地照顧孩子。如如生病了，半夜燒到四十度，阿禮卻出差遠在中部，我只能一個人抱著孩子搭著計程車到醫院急診室。我孤單待在急診室裡，照顧著還高燒不退的如如，寸步不離地守著她，直到醫師說沒問題可以回家觀察了。回到家裡，才發現已經整整二十四小時，別說吃東西，我甚至滴水未進。這段時間是靠著意志力，陪如如撐過去。」她淚眼汪汪地看著佳姿說：「我付出那麼多，如今想來卻好像是笑話一樣。只因為如如不是他們期待中的男孫，所以她不只一次催促過我再繼續做不孕症治療。可是我一個人照顧如如已經很忙、很累，所以就一直拖延下來，沒想到老天爺卻開了我這麼大一個玩笑。」

許多事情讓鳳儀感受到無盡悲辛，只見她嚎啕大哭久久無法停下。

佳姿抱著她開口撫慰說道：「鳳儀姐，妳真的辛苦了。」

「為什麼老天爺要這樣對我，為什麼要讓我得癌症，為什麼？」鳳儀傷心欲絕地說道：「我從來沒有傷害過任何人，連螞蟻都不敢揉死，但是我卻……我卻得了這種不治之症……」

佳姿摟著她，面對這一連串的問題她也不知道該怎麼應答。

此時，我走進來站立於床側說道：「鳳儀，我可以進來嗎？」

鳳儀停下哭泣，跟著佳姿像是討救兵般急忙對我說道：「樂樂，妳趕快過來。」

我走進去望著她們，跟著走過去遞上面紙後緊緊握住鳳儀的手後說道：「妳會生病跟那些事情都沒有關係。」

我替鳳儀抹去臉上的淚痕，跟著又說：「生病了就只是身體上出了狀況，跟那些什麼因果輪迴，冤親債主之類的，通通沒有關係。」

鳳儀停下哭泣後雙眸直直望著我，「可是，我覺得很不公平，我從生病以後都孤單一個人面對這一切，一個人住院手術、一個人接受化學治療。我為什麼要獨自面對這一切，這不公平呀！」

我握住她的手說道：「通常病人都會這樣想，真的很不公平。」

鳳儀望著我點點頭，我又說道：「但是，這世上真的有公平的事情嗎？」

佳姿與鳳儀看著我，似乎說不出答案。

「公不公平得看妳怎麼想，而生病的人是妳自己，就看妳如何去詮釋這件事情。」我望著鳳儀跟她說以前照顧過病人的事情，「我曾經照顧過一個阿姨，她從診斷出癌症後，每天都唉聲嘆氣，怨天怨地地看待每件事情。我從來沒見過阿姨笑過，每天查房她總是唉聲連連。連她先生也都感染到她的低氣壓，也都沒有笑過。」

「為什麼生病了還要笑？」鳳儀不解地望著我，「我覺得生病以後天都塌下來了，根本就笑不出來。」

「因為生理會影響心理，當妳覺得世界都遺棄自己的時候，妳會覺得連路邊小狗都在嘲笑自己。但是，其實根本沒有那麼糟糕。」我望著鳳儀真切地說道：「罹患癌症真的很慘，但是並不是世界末日呀，妳看，有我、有林醫師、還有一大群護理師們，都陪在妳身邊。現在還有佳姿在妳身邊，所以妳並不是一個人孤軍奮戰。」

我的話讓鳳儀高亢不平的情緒稍稍緩和下來，這段時間雖然大部分時間都是她一個人在病房裡面，但是其實還有我們在這裡陪伴著她。

我拍拍她的手後說道：「如果妳一直沉浸在哀傷情緒中，妳的細胞也會跟著很哀傷，那怎麼會有力氣去跟癌細胞打仗呢？」

這是我自創的哀傷理論，試想癌症病人因為疾病及漫長的治療過程，又擔憂自己的治療進度不好，可能隨時被死神帶走。整日沉浸在哀傷氛圍之中，人都不快樂，細胞又怎麼會快樂？細胞不快樂又怎麼去抵抗癌細胞呢？

所以幫助病人脫離哀傷情緒，正向面對治療與疾病，也是一門藝術。

鳳儀似乎聽懂了我的話，於是擦擦淚水後對我說道：「我想我懂妳的意思了。」我拍拍她的手後說：「鳳儀，我知道這段時間裡，妳的生命中發生太多事情，無論是身體還是家裡，我希望妳可以好好理清楚。很多事情必須自己想好然後做出決定，我只想讓妳知道，妳並不是孤單一個人，妳還有我們、還有佳姿、還有妳的家人，」我停頓後握緊她的手說道：「最重要的還有如如。」

鳳儀眼中閃過一抹光芒，的確，她並不孤單，她還有很多很多。

「如如還在等妳回家喔，而且以後妳還要牽著如如的手，去上學呢。」我拍拍她的肩膀，鼓舞地說道：「從幼兒園、小學、國中還有高中大學，妳可得為了如如好好加油，跟癌細胞好好打一仗。」

鳳儀眼中閃著淚光，跟著對我重重地點點頭。如如是鳳儀心中最割捨不下的那一塊，也是她的軟肋。暫且不論她與先生是否真的會離婚，現如今支撐她繼續往下走的信念與力量，就是女兒如如。

而後來鳳儀才知道整件事情的始末，原來一年前開始，先生已經跟公司的祕書搞在一起，如今對方懷上身孕，怪不得婆婆風急火燎地來醫院，要求她同意離婚。而佳姿與鳳儀的故事如此相像，經歷過這個風波後，兩人間的情誼也更加堅固。

於是鳳儀把先生找來，兩人直接攤牌，鳳儀覺得經過這段時間後，她發現與先生之間的感情早已發生了變化。

或許是從做不孕症治療的時候開始，也可能是在她忙於照料女兒那時，無論如何這段情感已然生變，她與阿禮已經回不去過去那段感情濃烈的時光。

鳳儀決心放手，讓彼此自由，因為這樣她才能從那處生子牢籠中逃出。鳳儀對阿禮提出離婚條件，只有留下女兒如如而已，至於錢財等身外之物，她分毫不取。

阿禮自知是他理虧在先，畢竟這段婚姻中，他背叛妻子在先，所以對於女兒如如的撫養權，無條件讓給鳳儀。但是他要鳳儀必定要收下贍養費，一方面是給予她們母女倆後續生活一點幫助，另一方面則是彌補這段破裂婚姻的愧疚感。於是鳳儀就收下了阿禮給的五百萬元及一間小套房，這是阿禮給她與女兒的一點補償。

兩人簽字離婚，鳳儀換得一身自由自在，並且擁有女兒的撫養權。

而佳姿這邊，官司經過幾次開庭後，一審結果下來，法官判決雖然當初的離婚協議上沒有寫明兒子的撫養權歸誰，而是夫妻共同撫養。但佳姿舉證自從離婚後是由她單獨帶著兒子生活，而離婚後前夫又已經有新對象。爾後，前公婆卻又去搶走兒子，並要求撫養權歸男方。法官認為，離婚後由佳姿主要撫養小孩，且對小孩來說並無法離開母親，前公婆此舉是侵犯佳姿的親權，所以判決前公婆必須把孩子歸還給佳姿。另外，前公婆雖主張佳姿罹患癌症，無照料孩子的能力，此項也不成立。畢竟目前佳姿的治療情況良好，疾病有治癒的跡象，所以佳姿仍然擁有照料孩子的能力。

判決書下來當日，佳姿終於見到被藏匿在南部的兒子，兩人相見恍如隔世，佳姿終於可以抱著兒子回家，不再害怕會被他人搶走。

其實我一直覺得，古人把離婚稱為和離，具有頗深的涵義在其中。所謂和離，亦即以雙方協定為準，若按照以和為貴的原則，如字面上的意思就是和平離婚。夫妻雙方因各種因素而決定和離，女方可帶嫁妝返回娘家，此後男女各不相欠。夫妻雙方和議後離婚，和現代的和平離婚意思類似。

能夠看到鳳儀與佳姿的事情如此圓滿落幕，我也感到十分欣喜。

經過這麼多風波，鳳儀與佳姿也變成無話不談的好友，兩人完成一連串治療後，回歸了正常生活。佳姿回到工作崗位上，繼續努力賺錢，白天裡兒子則是由鳳儀幫忙照顧。而鳳儀的女兒則是進入幼兒園上學，夜間她們儼然一家四口般生活在一起。

假日，兩位媽媽就帶著一雙兒女四處遊玩，有時候去東部遊玩，搭熱氣球、摘金針花；有時候，去採草莓、搗痳糬，兩個孩子彷彿姐弟般相處。

這天我剛忙完手上的事情，走入休息室中喝口咖啡醒醒腦，手機震動後一看，是鳳儀傳了訊息跟照片。原來上個週末，佳姿與鳳儀帶著孩子們去動物園，兩人變成摯友，她們帶著一雙兒女享盡天倫之樂。

我看著相片，感受到這對異姓姊妹間堅固的情誼。如果不說，會以為她們倆是親姊妹，帶著各自的孩子出去玩。

這時候齊雲走進來，她看著我手機上的相片，感嘆著說：「真好，妳看鳳儀跟佳姿都這麼開心，跟以前都不一樣了。」

「當然要不一樣，人快樂、細胞也快樂，這樣癌細胞就很難見縫插針。」我笑著說道：「與其沉浸在哀傷的婚姻關係中，我想這樣對鳳儀及佳姿都是比較好的選擇。」

「那是自然。」齊雲笑吟吟說著：「還有這對寶貝的陪伴，我想鳳儀跟佳姿會有更多力量來面對一切挑戰。」

的確，我看著手機中她們四個人開心的笑顏，感受到溫暖。我想對鳳儀與佳姿來說，心肝寶貝們就是支撐她們繼續向前走的力量。

月娘光光掛天頂，嫦娥置遐住。你是阮的掌上明珠，抱著金金看。
看你度晬、看你收涎，看你底學行。看你會走、看你出世，相片一大塔。
輕輕聽著喘氣聲，心肝寶貝子。你是阮的幸福希望，斟酌給你晟。
望你精光、望你知情、望你趕緊大。望你古錐、健康活潑、毋驚受風寒。

鳥仔風吹，攏總ㄟ飛，到底為什麼？魚仔船隻，攏是冇腳，按怎ㄟ移位？

日頭出來、日頭落山，日頭對叨去？春天的花，愛吃的蜂，伊是置叨位？

對於病人來說，面臨無止盡的治療之路，其實是很辛苦的。但是只要有了寄託，無論是人事物或是心靈方面，她必定會擁有強大力量繼續往前走。人生不過短短數十年，妳想要過什麼樣的人生呢？我想，能開心度過每一天，過妳想要的生活，便是最富足的人生。

第六章　手心、手背

卵巢癌號稱婦癌殺手，她不似子宮頸癌可以經由抹片篩檢早期發現，也不似子宮內膜癌，因為不正常出血讓婦女覺得異常而警覺。常見的卵巢癌症狀是腹脹腹水，但是通常到這個階段大都已是第三期以上。而第三期以上在接受手術治療後，必須追加六次療程的化學治療。

第一次見到愛嬌姨，她挺著像是妊娠七個月的肚腹，因為吃不下、坐立難安，到腸胃科門診求治。爾後，經由醫師轉診來到林怡津的門診。

記憶中的愛嬌姨是位很客氣的病人，對護理師們說話都輕聲細語，不難想見她年輕時一定很溫柔。

溫文儒雅，這是林怡津對愛嬌姨的印象，而她的小女兒也是位氣質美人。她總是手提名牌包，身穿套裝，說話也是呢喃軟語。

我個人很喜歡她的小女兒，態度親民，每次跟她談話都讓人有心曠神怡的感覺。愛嬌姨與小女兒在所有病患中，分外突出，這類病人與家屬，我都會特別有印象。心中也會暗暗標記，對他們也會不經意多了些關注。

我記得有一次，愛嬌姨與小女兒拎著行李預備到護理站報到，那時她們預備進行術後第二次化學治療。

那天下午，湧入大量的新入院病人，護理站鬧哄哄地，像是菜市場一樣，而我也忙著跟預計明日手術的病人解釋病情與了解她的相關用藥。

我手裡翻著病人交出來的自備藥物，發現其中的高血壓藥物都原封不動，再仔細查看領藥日期，是上周的事情。

莫非，病人都沒有吃藥嗎？

我抬頭望著病人，認真問道：「阿姨，妳的高血壓藥原封不動，難道妳都沒有吃嗎？」

「對呀，我又沒有高血壓，所以我沒有吃這包藥。」病人望著我篤定說道：「醫生很奇怪，一直要我吃藥，我只是血壓高了一點點，又不是高血壓。」

我看著一旁的血壓計，上面的數字可不是高了一點點而已，我比著機器說：「阿姨，妳的收縮壓190，這可不是一點點而已喔。」

「那是我太緊張了，等一下休息之後再量一定會正常。」阿姨繼續狡辯。

我看了電腦裡面的資料後望著她說：「妳剛剛在樓下住院服務中心量的收縮壓是200，現在190，我覺得妳就是高血壓，然後妳又不吃藥。」

「唉呦，吃那麼多藥，會洗腎欸。」阿姨抱怨似地說：「我們鄰居告訴我，藥吃多了以後會洗腎，所以我才不敢吃。」

「那妳就不怕中風？」我實在佩服阿姨，寧可相信鄰居，然後質疑專業的醫師，「高血壓不好好控制，哪天妳腦血管爆掉，中風不是更慘？而且這是專業醫師開給妳的藥物，只要妳配合規律吃，好好控制血壓，不會洗腎啦。」

「這樣喔。」阿姨似懂非懂地點點頭，「那我們鄰居吃藥吃到洗腎，不就是沒遇上好醫師？」

這番言論實在讓我好氣又好笑，「阿姨，洗腎的原因很多，不一定是吃太多藥造成的，而且妳的病情跟鄰居又不一樣，妳為什麼覺得吃高血壓藥以後會洗腎？」

「我也不懂呀。」

「既然不懂就尊重專業，妳已經找醫師看診，醫師也開藥給妳，然後妳又質疑專業不吃藥。」我一語道破盲點直通盲腸，「阿姨，妳不覺得這樣很奇怪嗎？」

跟著我語重心長地說道：「既然已經診斷出來有高血壓，就要吃藥控制。高血壓是慢性病，需要長期治療。不是妳一天量血壓正常，就覺得沒事可以不用吃藥。」

「阿姨，妳明天的手術必須延後了，妳要好好控制血壓，至少血壓要穩定，才能手術。」

「為什麼？我只是血壓高了一點，跟明天的手術有什麼關係？」阿姨不解地看著我。

「血壓沒控制好，麻醉科醫師不敢幫妳麻醉，沒麻醉又怎麼開刀。」我把藥包交還給阿姨，「妳今天先辦出院，回家以後好好吃藥控制血壓，我會跟主治醫師報告這些情況，應該得要一個月後看看妳的血壓情況，再決定可不可以開刀。」

「那我馬上回去病房吃藥，妳們等等再來量，應該血壓很快可以降下來，就不會影響到明天開刀吧？」阿姨想了一個自覺很棒的方法。

「阿姨，高血壓要長期控制，不是一次血壓正常就可以手術。」我拿了張紙在上面寫下些注意事項，邊交代著說：「除了規律吃藥之外，妳要準備個血壓計，每天早晚測量一次血壓並且記錄下來。還有醃製品跟鹹的東西要少吃些，我等等給妳一本飲食手冊，妳要注意自己一天的鈉攝取量。」

阿姨嘟起嘴有點抱怨說道：「怎麼那麼麻煩？」

「不麻煩，照顧好身體比較重要。」我寫好注意事項後，又去拿了高血壓飲食衛教本，一併交給阿姨，然後幫她約了兩週後的門診，就先送她出院。

送走阿姨後，剛好護理師齊雲正在跟愛嬌姨問資料。

我對愛嬌姨點點頭，跟著走過去跟她女兒打招呼。

「愛嬌姨來住院啦，上次打完化療回去還好嗎？」我望著她們母女問診，「吃喝正常嗎？睡眠情況好嗎？」

「睡覺還好，只是比較淺眠。」愛嬌姨微皺眉頭後說：「吐是還好，但是沒有什麼食慾，吃不下東西，到前幾天才比較好一點。」

「樂樂專師，有沒有那種自費的止吐藥？」小女兒望著我問：「我媽媽上次吃健保的藥之後，還是很不舒服，這次我想買點自費的止吐藥給她。」

「唉呦，不要浪費錢啦。」愛嬌姨急忙搖頭表示不需要，「我只是沒有食慾，不用吃什麼自費止吐藥啦。」

「愛嬌姨，止吐藥可以緩解噁心嘔吐的感覺，這樣間接可以改善食慾不振的感覺。如果上次的止吐藥對妳來說效果不是那麼理想，妳可以考慮用點自費的止吐藥。現在也沒有很貴，一顆兩三百元，一天吃兩次，吃個三天就好了。」

聽了我的建議，愛嬌姨依舊搖頭表示不需要。

「媽媽，妳就聽專科護理師的話先用用看吧，錢的方面妳不用擔心，我會處理。」小女兒轉頭對我說：「麻煩妳，這次我們要開點自費止吐藥回去用。」

「幹嘛浪費那個錢，我忍忍就沒事了。」愛嬌姨有點生氣地轉身往病房走，嘴中還嘟囔著：「年輕人亂花錢，不知道節儉。」

當下場面有點尷尬，小女兒急忙去追愛嬌姨，臨走前又轉頭跟我說：「麻煩妳跟醫師說一聲，開自費藥物給媽媽用，等等我過來護理站簽自費同意書。」

我對小女兒比出OK手勢，望著她們母女倆的背影，心中有點感慨。

父母永遠都想把最好的留給子女，往往等到自己需要用的時候就相形侷促。

有的子女是來報恩的，不忍心父母辛勞一輩子，臨老遇上病痛纏身，卻又得省東省西。無論是自費品項，營養品必需品都準備好給父母。

有的子女就會斤斤計較，連一塊尿布都要計較。真不知道，以前他的父母在養育他的時候，也會這般計較一塊尿布或一瓶奶水嗎？

如若知道長大後，會是這般與父母斤斤計較，當初是否不要生下這樣的不孝子女亦會省心一些呢？

後來幾次住院化療，小女兒都有幫愛嬌姨自費買止吐藥。雖然愛嬌姨嘴上說著浪費錢，但是吃藥以後可以改善噁心感，食慾也好一些，所以還是乖乖吃藥。

也許有的父母就是這樣口是心非，雖然嘴巴嚷著說不要，但是孩子有點半強迫地奉上藥物，還是會規律服用藥物。

終於來到第六次化學治療，愛嬌姨這次住院特別地高興，她做完兩天療程後，還要小女兒買來咖啡請護理師跟醫師們，還說是她的畢業禮物。

愛嬌姨特地端著杯咖啡走進護理站，坐到我身邊。

「樂樂，這杯是妳的，我知道妳只喝熱拿鐵。」愛嬌姨拍拍我的肩膀後說：「我做完六次化療了，以後不用住院就見不到妳了。」

「阿姨，謝謝妳。」我接過熱熱的咖啡，心裡暖暖的。

「阿姨，如果想我，以後可以約在外面見面喝咖啡，或是回診的時候上來看看我們。」我望著愛嬌姨，又職業病發作似地交代著，「記得，林醫師幫妳約的回診都要來，千萬別覺得自己好好的就不來喔。」

愛嬌姨直點頭，「知道知道，妳放心，我家還有個糾察隊呢。」

這位糾察隊就是小女兒，我笑了笑，「阿姨，妳女兒很孝順也很貼心。妳看妳這幾次化療都是她幫妳買自費的止吐藥，所以妳打完藥以後，就比較輕鬆。」

「我這個女兒嫁得好，她老公對她也不錯，所以她的手頭比較寬裕。」愛嬌姨笑吟吟說著，「我也算是沾光吧。」

「手頭寬裕也要捨得花呀，她對妳這麼好，妳可得要聽她的話。」我覺得小女兒是真孝順，在臨床打滾這些年見多了怪事，多的是提到自費品項，兒女之間就互相推託。不然就是一句話沒錢，就不見蹤影。最怪的就是，手上拿的是最新的手機，身上穿的是名牌衣物，碰到老人家要花錢的時候，卻突然拿不出錢。

「愛嬌姨，回去以後好好保重。」我拍拍阿姨的肩膀，「我們以後不見。」

「嗯。」愛嬌姨知道，我的意思是不要在病房裡相見了。

她起身走到護理站外，她女兒站在那裡等她。

我與其他護理師們一起跟她們道別，望著她們母女倆的背影離開後，我手上依舊拿著咖啡。

「最好是永遠都不要再見呀。」我把咖啡拿進休息室，心裡暗自祈禱，希望愛嬌姨這次治療後，能順利度過五年的觀察期。

在這五年的觀察期中，只要不復發，便能提高脫離癌症威脅的機率。

接下來的日子持續於忙碌中度過，期間也不意外發生幾件見識刁民能力的事情。有時候，有點無奈，有時候好氣又好笑。

我們一線醫護人員，需要的是同理心與合作的概念，偏偏總是有刁民要來挑戰我們的底線與極限。

這天，我正在護理站聯絡病人的檢查，好不容易幫病人敲定最快的檢查時間，交代給PGY學弟後，我就繼續去忙其他的事情。

PGY是目前新的學制，醫學生經過六年學校的課程，考上證照以後才到醫院開始臨床實習，一般PGY必須經過兩年的實習時間後，決定自己想要走哪一科，再去應徵相關科別。

PGY學員們在臨床上需要到各科學習，所以在與病人家屬應對上比較稚嫩些。

我聯絡好相關事宜後，讓學弟去病房跟病人及家屬解釋檢查的目的及時間，也讓他們透過這些過程，更快熟悉臨床的作業。

學弟大約出發才十分鐘，我在護理站就聽見一陣陣咆嘯的聲音，驚擾了原本安靜的護理站。

總醫師梁安靖與我同時抬頭望向聲音傳來那一方，我心中立刻有答案，是剛剛派學弟去的那間病房吧。

我起身直接就往病房走去。

梁安靖喊著我，「樂樂姐，妳要去哪？」

「沒事，我去看看。」我逕自走著，然後回頭對梁醫師說：「沒事，妳在這裡等著，我去看看發生甚麼事情了。」

我走到病房口，裡面依舊是咆嘯的聲音傳來。

仔細一聽，是位男家屬，而且他的聲音聽來很憤怒。

「你們要搞清楚，我們是自費檢查欸，為什麼還要等那麼久？」

我走進病房，站到ＰＧＹ學弟身邊，只見家屬依舊趾高氣昂地說道：「自費就應該要快一點，不然我花那麼多錢是要幹嘛。」

病人要求自費做無痛胃鏡與大腸鏡，時間安排在四天之後，這還是我打電話去問，剛好有人取消之後安插進去的位置，不然正規的時間是要到下個星期才能做得到。

我看學弟應該是招架不住，於是開口說道：「先生，我是林醫師的專科護理師，請問你對於檢查時間有疑問嗎？」

「當然有疑問，我們是癌症欸，還要排那麼久才做檢查，要是延誤治療，妳能負責嗎？」

好你個延誤治療，病人的肚子都脹三個月了，現在才來就醫，到底延誤治療的人是你們自己還是我們？三個月跟四天比起來，應該你們的責任比較大吧！

我忍不住在心中腹誹著：「天可憐見，就算要計算延誤也是你們先延誤治療的時機，居然有臉說我們延誤病情。」

但我依舊微笑以對，跟著說：「先生，不好意思，無痛胃鏡跟大腸鏡本來就是自費品項，所以大家都是自費身分，那就沒有自費比較快的道理。」

「我們是癌症欸，應該要再快一點吧。」

我實在是白眼翻到肚臍眼去了，癌症病人排檢查應該要比較快，這又是哪一國的規定。

家屬語帶威脅地說道：「要是因為檢查耽誤我們的治療，導致病人變成末期，妳能負責嗎？」

「我們自然無法負責，但是癌症並不會等這幾天的時間，就瞬間變成末期。畢竟四天跟三個月來比，還算短的。」

也許我這句話戳中他的痛處，他語氣變得凶狠，「妳這話什麼意思，妳這是在罵我嗎？」

「我怎麼可能罵你，先生，我只是希望你明白，檢查排程時間都是固定，排在你前面的人也是等了很久。」我依舊微笑說道：「而且這已經是最快的時間了。」

「我看是不是要叫立委來關心一下，你們醫院的檢查實在排太慢了。」

喔，居然搬出民代來施壓。我心中腹誹著：「還是乾脆請立委大人幫你做檢查好了，檢查這種事情，乃是一個蘿蔔一個坑，時間卡得死死的，怎麼可能有機會挪得動呢？」

「那就拜託你了。」我笑著說：「如果立委可以幫忙我們醫院增加預算，擴建檢查室並且招募人力，那真的是所有病人的福利呢。」

還沒來得及看病人與家屬的反應，我趕緊拉著學弟，半跑步似地逃離病房。

回到護理站後，學弟有點擔憂地望著我。

「學姊，萬一家屬真的去找立委來，那怎麼辦？」

我望著學弟，真是個單純的孩子，果真是經不得嚇。

「就涼拌呀。」

「學姊，妳就不怕喔。」學弟害怕地說道：「萬一他跑去向立委投訴我們呢？」

「學弟，這件事情我們有哪裡做錯了嗎？沒有吧。我已經盡力把檢查拉到最近的時間，如果他老大還是不高興，可以找立委呀，拜託請偉大的立委大人幫他做檢查。」

我拍拍學弟的肩膀，安撫著他說：「況且，這種會放話的人，大概都只會說，但實際上根本做不到。聽過沒有，會叫的狗不咬人。」

「真的嗎？」

「放心啦，如果真的有立委來關心，有學姊擋著，沒你的事。」我在臨床這麼些年，什麼人沒見過，真有民代來關說，我也有一套應對的方法。

「學弟，你放心去做事，不只有學姊，還有我。」總醫師梁安靖走過來看著我們，「本來排檢查就要等時間，我們又不是得來速。」

「就算是得來速，也要繞一圈才能拿到你想要的餐點呀。」我說完後，三個人一起笑出來，總算是讓造成情緒冰點的事件，稍稍熱絡了起來。

有時候我會想，這些人每每遇上排檢查，就要求越快越好，如果可以插隊就更好。但是他們去小七買東西，都知道要排隊結帳，怎麼遇上這種事情，就忘記基本的禮儀。

能要特權的時候，就會搬出立委、議員，甚至找媒體爆黑料。

我只是希望他們能回歸本心，記得一件事，基本生活禮儀：排隊是美德。

某日林怡津拖著剛剛完成門診疲憊的身軀，看著她快閉上的眼睛，我笑著遞上杯咖啡。

「喔，妳怎麼會有咖啡？」林怡津接過咖啡喝了兩口，趕緊補充咖啡因，好提振精神。

「當然是去樓下買的呀。」我笑著說：「本來打算等一下喝，可是看妳一副委靡不振的樣子，實在不忍心，所以先請妳喝。」

「謝謝妳，我一大早忙著去開診，沒時間先去外帶一杯，跟著一路忙到現在。肚子裡的咖啡蟲叫個沒完。」林怡津開心地喝了好幾口，一臉滿足樣。

「下次再遇上這種情況，妳就打個電話給我，我想法子送咖啡去門診給妳。」

林怡津感恩似地雙手合十，「下次有難，我一定通知妳。」

我笑了笑跟著點開電腦螢幕，把她的病人名單叫出來。

「對了，我先跟妳說件事情，明天愛嬌姨會來住院。」

愛嬌姨？我轉過頭有點疑惑地看著她，「為什麼？」

「腫瘤指數上升，我在門診排了葡萄糖正子掃描攝影，結果發現腹主動脈旁淋巴結有顯影且腫大情況，她進來以後，先安排穿刺採樣檢查。」

不會吧，愛嬌姨不是剛完成治療而已？

「不到半年的時間，感覺應該是復發了。」林怡津望著我說：「妳也覺得很意外吧。」

還不到半年嗎？怎麼這麼快！我心中暗暗覺得不妙，對於卵巢癌來說，能把緩解期拉得越久越好，最好永遠不要復發，因為一旦復發後便反覆於復發裡打轉。

對於這類病人來說，復發就是場惡夢。這代表又要開始新一輪的治療並開啟無止盡的持久戰。

而治療卵巢癌期間，最怕遇上這麼快復發的癌細胞，它們通常容易對化學治療藥物產生抗藥性，所以復發後要考慮是否改用第二線藥物。

總之，本來希望與愛嬌姨永遠不見的，看來這個願望已然泡沫化。

愛嬌姨入院後，我找了認識的放射診斷科醫師幫忙，在隔天就排到檢查，然後在等候病理切片報告的同時，林怡津也會診放射腫瘤科醫師，詢問是否能加做放射治療。

放射治療科醫師覺得因為淋巴結腫大的部分大約在兩三公分左右，現階段可以先嘗試第二線化學治療，把放射線治療放到後面。

病理報告接著也出來了。

林怡津讓病人及家屬來到護理站，仔細向他們解釋著病情並告知後續的治療計畫。

「愛嬌姨，這一次我想換成第二線化療藥物，除了微脂體小紅莓再搭配一點鉑金類的藥物，如果妳願意自費再搭配標靶藥物，治療的效果會更好。」林怡津望著她們母女倆，「自費部分，妳們可以考慮看看，化療的部分我今天就會開單出去，馬上開始治療。」

「自費要多少錢？會很貴嗎？」愛嬌姨不安地望著林怡津，「我沒有保險，如果自費大概要多少錢？」

我看了林醫師一眼後明白她的意思，於是開口說：「愛嬌姨，自費標靶藥是用體重計算劑量的，如果以妳的體重六十公斤來算，劑量每公斤十毫克，每次打六支，一支藥一萬塊左右，大約需要六萬元。」

愛嬌姨睜大眼睛後說：「要這麼多錢呀，那我不要做標靶治療。」

一旁小女兒立刻出聲說道：「所以是一次療程六萬元嗎？」

我點點頭，還沒來得及開口。

愛嬌姨立馬出聲說道：「太貴了，妹妹。我們不要花這個錢，我先打健保就好。」

小女兒不死心又問了句：「林醫師，那要打幾次？」

「原則上六次。」

愛嬌姨驚呼大聲說道：「那不就要三、四十萬，不要，我不要打。」

「媽。」小女兒握著她的手說道：「如果有效，四十萬哪裡貴，何況哥哥姊姊一定會幫忙出這筆錢。」

「不要不要，我不要打。」愛嬌姨態度堅決地拒絕後說：「我們又不是大富大貴的人家，哪裡拿得出這麼多錢，我用健保的藥就好了。」

林怡津急忙打圓場說：「其實，也不一定馬上就要加上標靶藥，可以先嘗試健保的藥物，小紅莓的效果也不錯。」

「就是呀。」愛嬌姨嘟嘟囔囔著說：「年輕人就是容易有自費迷思，有時候健保的藥物也不錯呀。」

「錢那麼難賺，要省著點花。」愛嬌姨轉頭對小女兒說：「媽媽先用健保的藥就好，妳可別又偷偷跟醫師說要用自費呀，這次這麼多錢，我是絕對花不下去的。萬一給妳老公知道，又要責備妳亂花錢。」

「健楷不會說我亂花錢，他知道我是花在妳身上，何況這藥是要救妳的命。」小女兒辯解著，「妳不要聽哥哥亂講話。」

「我知道妳前些日子老是陪我住院治療，這些事情讓妳婆家那邊頗有微詞。但是，妳哥哥是職業軍人長年駐守外島，一年只回來兩三次，能放的假又不多，總不能為了我這個老太婆要住院治病，讓他乾脆辦理退役吧。」愛嬌姨輕嘆口氣，「況且，我也告訴過妳，我一個人來住院就好，不要再讓妳婆家講話，妳已經嫁出去了，家裡的事情有妳姊姊跟哥哥會處理。」

「媽，妳是我親生媽媽欸，婆婆他們愛講就讓他們去講，嘴巴長在他們身上，我也管不了。」小女兒拉拉愛嬌姨的手，「標靶藥物的事情，讓我跟姊姊討論一下，如果姊姊不反對，妳就用吧。」

愛嬌姨連連搖頭，像是個任性的小孩般拒絕，然後起身對著林怡津說道：「林醫師，總之我不要用標靶藥，妳們可別聽我女兒亂說話偷偷開出來，到時候我拒絕打藥，那包藥水可就浪費了。」跟著轉身離開。

「媽。」小女兒連忙跟我們道歉，「林醫師不好意思，我再去勸勸我媽媽。」

「沒關係啦，這次不打也行，妳們好好溝通，下次再加打也是可以的。」我見多了老人家捨不得兒女花錢在自費品項上，總是擔心拖垮兒女的經濟狀況。

小女兒對我勉強擠出微笑後，趕緊匆匆回病房，看來她們母女之間又有場不小的拉鋸戰要打。

看著小女兒的背影離去，林怡津與我坐下來研究其他病人的情況。此時，林怡津突然開口問我：「妳覺得愛嬌姨最後會用標靶藥嗎？」

「我也不知道。」我很誠實地說出自己內心的答案，「雖然小女兒很孝順，但是我今天才知道原來阿姨有兒子。」

林怡津驚訝地望著我。

我點點頭後說：「我本來以為愛嬌姨只有兩個女兒，陪她辦住院的是小女兒，晚上陪她的是大女兒。小女兒結婚有家庭，所以晚上由白天要上班的大女兒來交接。」

「妳這麼一說，好像愛嬌姨手術那次，也是兩個女兒出現而已。」林怡津回憶著，然後說：「從第一次住院到現在，根本不知道還有兒子存在，要不是他們剛剛的對話裡面出現了兒子，我也以為愛嬌姨只有兩個女兒。」

「林醫師，妳要小心喔，這種從來不出現的家屬，通常一出現就很驚人喔。」我提醒著她，「特別我們今天又提到自費品項，說不定幾天以後，這號人物就跑出來了，到時候妳就準備接招吧。」

林怡津疑惑地望著我，「接招？接什麼招？」

我笑而不答，反倒引得林怡津心癢癢。

林怡津不死心地追問著，「吼，到底是什麼招啦？」

「妳覺得還會是什麼招？」我笑了笑跟著以誇張的語氣說道：「無非就是：我媽媽住院治療，怎麼都治不好啦！妳是不是沒有用心醫治啦！我上次看她還好好的，怎麼這次住院以後變得這麼嚴重！」

這些可都是經典名句呢，我搖搖頭後說：「最怕的就是，萬一他本尊根本不出現，而是打電話來要求病情解釋之類的。」

「這個我倒是不怕，因為妳會幫我處理。」林怡津一副老神在在的模樣。

呵呵呵，這部分倒是真的，每次護理站接到這類的電話，都是我出馬擺平搞定。

「欸，林大醫師，我為妳做了這麼多，妳應該要請我喝杯咖啡吧。」我轉頭望著她，「我看下次我得要做張集點卡，每幫妳解一次圍就蓋一個章，看看最後我可以提領幾杯咖啡。」

「好呀，不過要月結喔。」林怡津爽快地拿出連鎖咖啡店的儲值卡，「來來來，等等查完房以後就立刻去提領吧。」

我笑吟吟地接下卡片，打趣說道：「謝主隆恩。」

「查房啦。」林怡津比著電腦，「專心點。」

「是。」我開心地收下卡片，幸好林怡津對我還挺大方的，不然她這麼帶賽，老是給我一些不可能的任務，如果沒有對我好些，我早申請更換主治醫師。

最終，愛嬌姨依舊堅持己見，沒有接受標靶藥物治療。當然，我不能說這樣不好，畢竟這是自費品項，病人可以自行決定是否要用藥。況且我也不能保證，接受了自費藥物，是否效果更好更棒。

醫療並不是是非題，也不是絕對的選擇題。畢竟每個病人的病情不同，體質不同，投予相同藥物後，並不能得到相同結果。

我們唯一能做的，就是提供相關經驗，讓病人與家屬自行決定。

在第三次化學治療後，愛嬌姨的腫瘤指數下降，這可真是天大的好消息。

愛嬌姨也很自豪，她覺得幫孩子們省了一筆昂貴的藥費。

這良好的結果皆大歡喜，所以小女兒也沒再堅持，非得要用自費藥物。

某天，我先去查房看看病人，恰好看見愛嬌姨在跟外孫視訊聊天。

「寶貝呀，最近有沒有乖乖？」愛嬌姨笑得眼睛都瞇成一條線，她拿著手機說著：「你乖乖的呀，阿嬤今天叫媽媽早點回去陪你，好不好？」

『阿嬤，我會乖乖，那妳也要乖乖喔。』外孫在螢幕那邊童言童語說道：『阿嬤，下次我們再一起去洗溫泉，妳要快點出院喔。』

「好好好。」愛嬌姨發現我出現在病床邊，急忙跟孫子說：「阿嬤先跟護理師阿姨說話喔，晚一點再打給你。」

『好，阿嬤拜拜。』

「拜拜。」愛嬌姨開心地掛上電話，然後轉頭對我說：「真抱歉，剛剛在跟我孫子講電話。」

「愛嬌姨不會啦，我才要抱歉，突然出現打斷你們的對話。」

「沒關係，也沒什麼事情，只是打電話跟孫子聊聊天。」愛嬌姨拿著手機跟獻寶似地說：「我孫子呀，今年六歲，念大班了。從小是我帶大的，以前好黏我喔。」愛嬌姨在手機上展示著孫子的照片，從小小Baby逐漸長大成小小孩。

「嗯，真的很可愛欸。」我看著照片然後說：「這張是他長牙齒嗎？」

愛嬌姨點點頭，跟著說：「長第一顆牙，還發燒呢，那可真是折騰我好幾天。」

「還有這張是他一歲生日的時候，我們的全家福。」愛嬌姨滑到一張照片停了下來。

我湊過去看，裡面有愛嬌姨、大女兒、小女兒跟一個男子與小孫子。

「這是我女婿。」愛嬌姨指著裡面的男子，「他對我還不錯，但是他媽媽比較囉嗦一點。」

我不解望著愛嬌姨。

「我有時候很心疼我小女兒，她從出嫁以後就辭了工作，專心當家庭主婦。雖然她婆家有請傭人，但是他們家煮三餐這件事情，是我女兒要負責。」愛嬌姨帶著不捨的語氣說道：「我女兒出嫁以前可是從來沒進過廚房，為了要煮飯給公婆一家人吃這件事情，還去上課學煮菜。後來小孩出生以後，因為公司擴大，需要我女兒去幫忙管帳，這才把煮飯這件事情挪到傭人身上。」

愛嬌姨感嘆說道：「有錢人家的飯碗，難端呀。」

「家家有本難念的經，本來就沒有十全十美的啦。」我安慰著愛嬌姨，「我看這幾次住院，還是妳小女兒來陪妳呀。」

「那是女婿擋著，不然她婆婆哪有可能讓她每次住院都陪我來。」愛嬌姨輕嘆口氣後說：「我呀，本來是打算拖著行李自己來辦住院就好，反正住院這麼多次了，我都知道該怎麼處理。可是兩個女兒說什麼都不讓我一個人來，還說怕我不小心要是跌倒了，受傷了，那就糟糕了。」

「愛嬌姨，女兒孝順呀，妳就聽她們的話。」我拍拍愛嬌姨的手，跟著好奇問道：「阿姨，那妳兒子呢？妳住院這麼多次，我還真沒看過兒子來陪妳欸。」

「他是職業軍人被派駐在外島，很久才能休假一次。」愛嬌姨嘆口氣後說：「三個孩子裡面，我最擔心他。」

「為什麼？」

「這孩子去年跟老婆離婚了，也許是因為老是不在家，聚少離多，所以感情變淡了。」愛嬌姨望著我說：「本來離婚也沒甚麼大事，可是他那個前妻，獅子大開口，硬是要我兒子拿出一筆贍養費給她，還要求每個月要給三萬元，當成是小孩的養育金。」

能提出此般不合理的要求，我覺得裡面必有緣故，於是開口問道：「愛嬌姨，這些條件，妳兒子通通答應呀？」

「本來他想走法律途徑，讓法官判決。可是，我兒子長年在外島，哪有時間常常跑法院。所以後來就妥協了。」愛嬌姨不捨地說道：「我覺得兒子很傻，但是也沒辦法。年輕人呀，相愛的時候，愛到死去活來，非卿不娶。不愛了以後，就想趕緊擺脫彼此，各走各路。」

或許愛嬌姨沒說出其中的緣由，畢竟這是家裡面的瑣碎事務，而當中的細枝末節也不想對外人說吧。

我笑著回答，「愛嬌姨，兒孫自有兒孫福，妳也別過於煩惱兒子的事情。我覺得大家都是成年人了，自己對自己負責。眼下，妳得先顧好身體才是。」

「喔，對對對。」愛嬌姨像是想起什麼，急忙問道：「樂樂，我這次的腫瘤指數，還好嗎？」

「我就是要來跟妳說這個好消息的，愛嬌姨，這次妳的腫瘤指數，已經正常了。」

「真的嗎！」只見愛嬌姨雙手合十，暗自唸著：「阿彌陀佛，謝天謝地。」

「雖然指數已經正常了，但是剩下的幾次化學治療，還是得要做完。」我職業病發作地說著：「有些病人以為指數正常就可以停止治療，這腫瘤可是非常頑強的，我們還是得按部就班把接下來的療程完成，然後再做一次全身性的檢查，確認腫瘤都消失了以後，才能安心。」

「好好好。」愛嬌姨連連點頭說道：「我知道，我一定會聽妳跟林醫師的話，把剩下的治療好好做完。」

「那就好。」對於愛嬌姨，我是放心許多，她真的是很乖的病人。會遵從醫囑做治療，該來門診回診也會來。這種把身體狀況放在心上的病人，我們最喜歡了。畢竟臨床上有太多刁民，無時無刻在挑戰我們。

「愛嬌姨，那妳明天打完針就要回家了嗎？」

愛嬌姨調皮地比出OK手勢，跟著說：「照舊。」

我也比出OK手勢回應，表達明白之意。

照舊就是出院藥物跟上回一樣就好，不用診斷書，下次二十八天後再見。

這是我跟愛嬌姨之間的暗號，大概只有老病人跟我才有這番默契。

跟愛嬌姨談話後，我緩步預計走回護理站，要接著處理後續事務，此時護理站一陣咆嘯聲傳來，讓我不由得加快腳步走回去。

一走入護理站，就見到一個男子正對著李淳皓大聲叫罵著。

我正要走過去，一旁護理師葉心急忙拉住了我。

葉心對我拼命擠眉弄眼，似乎要我別攪和進去。

「學姊，妳別過去。」葉心小小聲地說道：「那個家屬很凶。」

我挑挑眉毛，內心非常不屑這類刁民，我壓低聲音問：「怎麼回事？」

「今天預定要接受手術的病人，因為不是第一台刀，要等開刀房通知，家屬跑出來要我們給個交代。」

交代？要交代什麼？我望著葉心說：「昨天晚上的衛教課程應該已經解說過，不是第一台刀就要等手術室電話通知呀，等通知就沒辦法確定時間。」

「這位家屬昨天晚上沒有參加課程，剛剛病人只是喊了一聲肚子餓，他就氣急敗壞出來要找主治醫師，說是要我們給個交代。」

「這麼需要交代，看他要透明的還是雙面的，給他就是了。」我故意講了個雙關語。

「蛤？」葉心似乎沒聽懂我的幽默。

「雙面膠帶呀。」我拍拍葉心的肩膀，「他不是要膠帶嗎？」

「唉呦，學姊，妳還有心情開玩笑呀，我看李醫師快被他吃到肚子裡面去了。」葉心擔憂地望著李淳皓，「我好怕他被家屬打喔。」

「那妳還拉著我。」我邊笑著走過去邊說：「我去幫他。」

葉心緊張地想拉住我，沒料到我自己走入戰場。

只見男子指著李淳皓破口大罵：「你們這是什麼醫院，要餓死人呀，我太太來開刀是逼不得已，她身體那麼弱，還這樣讓她餓肚子，你們有沒有良心呀。」

我站到李淳皓身邊，跟著對男子一鞠躬後說：「先生，真是抱歉。」

突如其來的鞠躬與道歉，讓男子有點意外，他望著我說：「妳是誰？我要找我太太的主治醫師，我要他親自跟我解釋一下，現在到底是什麼情況。」

「先生，很抱歉，正是因為主治醫師無法親自來跟你道歉，所以我先替他跟你鞠躬道歉，真是不好意思。」我又鞠了個躬。

我的謙卑態度讓男子稍稍平息怒火，但他還是有點咄咄逼人地說：「主治醫師呢，妳讓主治醫師過來解釋清楚。」

「先生，主治醫師現在正在處理第一台刀的病人，實在沒有辦法親自過來跟你解釋。」我望著男子跟著說：「我想你也知道，你會選擇這位主治醫師，一定是非常信任他的刀法，所以才會把太太託付給他吧。」

「這是當然。」男子有點得意地望著我，「我們等了兩個月，因為這位醫師在網路上風評很好，除了刀法好之外對病人也很親切。也因為太多病人所以我們只能排在兩個月之後來手術。」

「喔，你們是兩個月前預約的呀。」我點點頭跟著說：「那真的等很久欸。」

「是呀。」男子有點洋洋得意地說道：「醫師告訴我，還幫我們偷偷插了一下隊，不然正常要等四個月以上。」

「嗯，既然等了這麼久，你也希望手術很順利吧。」

「這是當然。」

「所以囉，主治醫師因為認真處理每一台手術，所以他現在正在手術室裡努力手術，接下來就要換你們囉。我想你也應該明白，現在主治醫師是沒有辦法出來跟你解釋任何事情，因為他正在開刀房裡面忙碌。如果他真跑出來跟你道歉說話，不就很奇怪。」

男子大約覺察出自己剛剛的失態，所以語氣比較緩和，「妳說的話很有道理。」

「何況，你們兩個月時間都可以等了，這幾個小時的時間也應該等得了吧。」我看看牆壁上的時鐘後說：「我明白你心疼太太餓肚子，也擔心她會餓壞，但是我們從清晨就幫你太太打上點滴補充體力。我相信再稍微等一下，很快就會輪到你們。」

男子發覺剛剛情緒失控且態度不佳，急忙對李淳皓說：「醫師抱歉，我剛剛太激動了。」

「沒關係，沒關係。」李淳皓趕緊揮揮手，「我能體諒你是因為擔心太太的情況，才會突然情緒失控。」

「不好意思，我知道了。抱歉、抱歉。」男子連忙鞠躬道歉後，趕緊轉身快步走回病房。

我鬆了口氣，算是幫李淳皓解除一個大危機。

「學姊，妳真強。」李淳皓豎起大拇指，「我剛剛都做好被家屬出手攻擊的打算了，妳居然幾句話就四兩撥千金地解決危機。」

「加上之前，你總共欠我兩杯咖啡，記住我只喝熱拿鐵。」我微笑著轉身就走，跟著說：「姊姊想喝的時候會通知你。」

「沒問題。」李淳皓在我背後大喊：「隨傳隨到。」

我笑吟吟地走入休息室，葉心跟齊雲跟著進來。

「哇賽，學姊真厲害。幾句話就讓暴跳如雷的家屬，乖乖回去等了。」

「哪裡厲害，我只是告訴他事實而已。」我俏皮地眨眨眼後說：「何況，他兩個月都能等，為什麼不能等這幾個小時？」

「對欸，他們怎麼這麼矛盾？」葉心不解地望著我，「每每遇到這種等通知的病人，就會有像這種不理性的家屬，跑出來一直問一直問，到底還要等多久才輪到他。可是，明明我們都已經告訴他們沒有確切時間，只能等開刀房通知，他們卻還是不死心，想要有個正確答案。」

我望著她們兩個，跟著說：「上次還有個SOP先生，什麼都要跟我講SOP，打針要有SOP，灌腸也要有SOP，後來說我們沒有效率，要好好改善。」

「喔，那個SOP先生呀，實在讓人難忘。」葉心連連搖頭，那位病人家屬真是個奇葩。

「他的種種言行實在令人卻步，每次查房我都怕遇到他。」我吐吐舌頭，光想起那位先生，我就有點頭皮發麻。

「幸好現在都不用看到他了。」我想起來，那位病人後來帶著一整疊資料跑去臺北，找其他名醫治療。

「還好已經很久沒有見到那位先生。」葉心點點頭。

「葉心哪，我們還是別一直把不想再見的人掛嘴上，不然……」我伸出手往脖子上一抹，「我可不想自尋死路。」

稚嫩的葉心似乎沒聽懂我的意思，又想追著問。

一旁齊雲一把拉著他的手往外邊走去，邊說著：「葉心，我想起有件事要妳幫我，來來來，先跟我出來。」

葉心不明就裡就被齊雲拉出休息室，她還是一肚子疑問地喊著：「學姊，妳是什麼意思？」

我笑了笑，這孩子真的不懂莫非定律呀？千萬別老是掛念著一件事情或是一個人，特別是你不大喜歡的事情。否則，這事情很快發生，而人就很快出現了。

「日子還是平平安安、寧寧靜靜地過最好。」人生當中，歲月靜好雖然看來簡單，但是要確實這麼過，有時候卻是一種奢望呀。

我坐在休息室中，想要稍稍休憩一下。期盼愛嬌姨這次復發能夠趕緊被壓制下來，做完後續的化學治療，接著安排的全身掃描檢查結果也是讓人放心的陰性。

愛嬌姨接受完後續治療，並且由林怡津安排接受檢查，確認原本腫大的淋巴結都變回原本大小。確定這次的復發又是我們打了勝仗。當然愛嬌姨是最開心的那個，那天她在門診聽完報告，拎著蛋糕和咖啡到護理站來，說是要慶祝她的重生。

護理師葉心、齊雲還有我，起鬨替愛嬌姨唱了生日快樂歌，然後一起開心地吃了蛋糕，我們還約好下次要和愛嬌姨一起出遊。唱過歌吃了蛋糕後，大家歡喜送愛嬌姨到電梯口，目送她們母女倆離開。

葉心突然心有所想地說道：「愛嬌姨的小女兒好孝順喔，不只陪媽媽住院，連愛嬌姨回診也都是她陪著來。」

「我也覺得小女兒很乖。」齊雲也說出自己的想法，「愛嬌姨從診斷、手術、化學治療，這一路走來，陪她最多的就是兩位女兒。白天是小女兒，晚上跟假日則是大女兒。」

「所以說，還是女兒比較貼心。」我衷心期盼這一回愛嬌姨能真的與癌細胞道別。

時間一天天過，這天我正與護理師們熱烈聊天喇賽時，林怡津悄然無聲地進入護理站並且坐到我身邊。

「林醫師，妳今天比較晚喔。」我看看牆上的時鐘，已經快十一點了，平常她都八點多就來病房查房，今天倒是晚了一點。

「昨天手術結束的時間比較晚，早上起不來。」林怡津嘆口氣後說：「沒辦法，身體告訴我，已經不年輕了。」

我驚訝地望著林怡津，這位小姐沒比我大幾歲欸，這樣是在提醒我老了？

「林醫師，我記得我沒比妳小幾歲欸。」我拍拍她的肩膀後說：「我都不老，妳也不准老。」

「哈哈哈，還有不准老這種事情喔。」林怡津笑岔了氣，「妳還真是霸道。」

「我巨蟹座的，所以橫行霸道慣了。」

林怡津被我逗得哈哈大笑，但瞬間她收起笑臉，「不過我有件事情得先跟妳說一下。」

我望著她嚴肅的模樣，心裡感覺不妙。

「愛嬌姨可能又復發了。」

不會吧。我望著她開口問道：「不是才做完治療嗎？」

「距離上次化療已經四個月了，我在門診發現愛嬌姨的腫瘤指數有點微微上升，排了電腦斷層以後，發現肝臟跟肺部有轉移的跡象。又安排了肺部切片檢查，病理報告確定是腫瘤轉移復發。」

我驚訝地闔不上嘴，上次幫阿姨唱生日快樂歌，好像是昨天的事情一樣，怎麼才四個月而已嗎？

「那接下來妳想怎麼做？」

「要變換一下治療方式了，傳統化學治療應該已經擋不住。」林怡津有點傷腦筋地搖搖頭後說：「我在門診有提了標靶治療，阿姨很驚訝也很驚恐，然後堅持不要繼續治療了。」

我想起當初第一次復發的時候，就已經跟阿姨建議除了化學治療再加一點標靶藥，那時候阿姨堅持不要花錢自費打藥。

「愛嬌姨一定不要的。」我嘆口氣後說：「阿姨很怕讓小孩花錢，所以應該不能接受吧。」

「沒關係，我已經約好這個週五讓愛嬌姨來住院，原則上我希望化學治療加上標靶治療，或是免疫加標靶治療。」林怡津拍拍我的肩膀後說：「這次還是得靠妳，去跟阿姨好好溝通溝通。」

我！怎麼又是我？

我望著林怡津有點訝異。

「妳很會溝通，我覺得妳應該有機會可以說服阿姨。」

「妳還真是看得起我。」這種恭維讓我卻之不恭，「說真的我也沒有十足把握。」

「妳都沒把握，那我還真的就頭大了。」林怡津伸出手指頭比出一的手勢，「一杯？」

我搖搖頭跟著說：「分內職責，不計價。」

語畢我跟她一起笑出來，與病人溝通向來是我的分內職責，自然不能用咖啡來換，何況是愛嬌姨的事情。

但是，我總覺得這是不可能的任務。除非，從小女兒方面下手。

好吧，到時候再說吧，總之老闆給妳任務，說什麼都得盡力去做吧。等待週五這天到來，我從上班開始就等候著愛嬌姨來報到，一直等到中午吃過飯以後，才等到她。而這次，是三個小孩一起陪著她來病房報到。

見不到愛嬌姨臉上的招牌笑容，她的表情帶著點憂鬱，兩位女兒很安靜，倒是兒子一進病房就追問護理師，主治醫師會不會過來？並且很主動地表達想要知道病情。

護理師把這些訊息告知我，剛好林怡津聯絡我要過來查房，於是我讓護理師請他們兄妹三人到護理站，等主治醫師抵達就能馬上進行病情解釋。

我把電腦打開並將愛嬌姨的檢查相關片子點出來，接著林怡津坐到電腦前面，跟他們兄妹三人仔細解說著病情。

林怡津轉過頭望著兒子說：「目前愛嬌姨的病情狀況比較棘手，因為是第二次復發，所以若是繼續採取傳統化學治療，我怕治療的強度不夠。我會建議你們考慮，使用自費標靶藥物加上化學治療，或是自費標靶加免疫治療。」

三兄妹聽完林怡津的建議後沒有任何回應。

林怡津望著小女兒，跟著說：「你們在家有先討論過嗎？」

小女兒搖搖頭，跟著旁邊的大女兒開口說道：「媽媽不想打，但是我跟妹妹的意見是一定要加點自費標靶藥。」

林怡津轉頭望向兒子後問：「那先生，你的意思呢？」

「既然醫師這麼說，那就打吧。」兒子沒有很大的情緒波動，「就從這次開始吧。」

我站在後面，仔細觀察他們三兄妹的互動，總覺得有點奇怪，但是又說不上來。兒子雖然是答應了，但是兩個女兒的表情很木然，好像跟哥哥並沒有很熟，就好像是陌路人一樣。

而且，兒子是第一次聽媽媽的病情，我覺得他的反應很不一般，似乎太過於冷靜。我把這一切都歸類為自己胡思亂想，也許是職業的關係吧，所以可以比較沉著應對任何事情。

於是，這次復發的治療計畫就這麼定了下來，林怡津為愛嬌姨處方了標靶藥搭配化學治療，並且立即進行第一次的治療。

我發現愛嬌姨變得比較沉默，不愛說話。於是常常去病房看她，陪她說話聊天。同時間我發現，兒子在第一天住院解釋病情後就不見蹤影。問了小女兒，才知道，兒子得趕回工作崗位，所以又走了。

這種像沾醬油般出現的家屬，我是常常遇見，不過我很好奇愛嬌姨的想法是什麼？

這天接近中午，剛好小女兒去買飯，我晃進愛嬌姨的病房，她正躺在病床上發呆。

「阿姨，在想什麼？」我走過去好奇問她。

「沒有，只是無聊而已。」愛嬌姨坐起身問我：「樂樂，這次的化療打完以後，大概多久可以看到效果？」

「阿姨別心急，至少給我們兩個療程的時間，應該就可以看出標靶藥對腫瘤的效果了。」

愛嬌姨點點頭跟著喃喃自語，「還要兩個療程喔，那我應該還有時間、還有時間。」

「阿姨，還有什麼時間？妳可別胡思亂想。」因為愛嬌姨這次有點憂鬱的表現，所以我異常擔心。

「沒有啦，這次出院以後，我得去辦點事情。」愛嬌姨語帶保留地說道：「這件事情得抓緊時間去辦。」

「哦。」愛嬌姨既然沒主動說，我也不主動問，畢竟這是她的私事，不好對我這個外人說，於是我轉移話題跟阿姨聊些其他事情。像是回家後的注意事項啦，下次何時要再來住院治療。

雖然，我很好奇為什麼愛嬌姨住院後願意接受自費標靶藥治療，不過我想應該是家人極力要她接受，所以只能乖乖打藥。

總之，愛嬌姨接受完第一次化療標靶藥物後就出院回家了，二十八天後接續第二次治療後，就在第三次住院預計要接受治療之前，我跟林怡津都有點失望，因為腫瘤指數並沒有如我們的預期下降，反而是翻倍上升。

「這下子可就麻煩了。」我看著電腦上的數值，有點頭疼。

「什麼事情麻煩了？」齊雲轉過頭看了我一眼。

我用伸手指著電腦後說：「從2676跳到5670了。」*

「哇。」齊雲吐吐舌頭後說：「愛嬌姨不是已經加上標靶藥一起治療了嗎？」

「嗯，可是看起來應該是沒有用。」我失落地搖搖頭後說：「這下子難了。」

「加免疫藥物呢？」齊雲好奇問道。

我微瞇雙眼，怎麼可能呢？這次會加標靶藥，是三兄妹的決定，不然愛嬌姨在門診剛剛知道復發的時候可是死都不要用自費藥物。要是再加上更貴的免疫藥，豈不是要了她的老命？

齊雲看我沒有反應，於是問：「不行嗎？」

「當然行，只是太貴了。」我一語道破後搖搖頭，「我猜阿姨一定抵死不從。」

「那怎麼辦？」齊雲嘟囔說道：「指數這麼高，總得要加大力道吧。」

「等林醫師來再說吧。」我聳聳肩後說：「看看她有沒有什麼神奇的方法，還是祕方。」

我利用休息時間晃到樓下買了兩杯咖啡，一杯自己喝，一杯給林怡津。我想這麼棘手的狀態，林怡津一定需要一點咖啡因來麻痺一下。

*卵巢癌常用的腫瘤指數是CA-125，一般正常值為35，臨床常常利用追蹤數值來研判治療的效果優劣。

等到林怡津下診後來到病房，我先拉著她到休息室，跟著遞上杯咖啡。

「這麼好，還請我喝咖啡呀。」

「從妳的卡片中取貨。」我賊笑著說：「我只是借花獻佛。」

林怡津翻了翻白眼後說：「沒關係，反正我也沒時間去買，還是謝謝妳。」

「妳先喝幾口壓壓驚。」

林怡津不解望著我，「壓什麼驚？」

「愛嬌姨的腫瘤指數……」我還沒說完，林怡津就接著說道。

「上升了。」她聳聳肩後說：「我剛剛門診前就先查了電腦，知道她的指數上升了。眼下還有一個方式，就是把化學藥物換成其他種類，然後繼續搭配標靶。」

嗯，這也算是一種替代方案，我又好奇問道：「那免疫藥物……」

「太貴了啦。」林怡津搖搖頭跟著對我說：「上次是大女兒陪阿姨回診，她跟我偷偷說了件事情，我有點訝異。」

「什麼事？」

「前兩次標靶藥物的費用，都是阿姨兩個女兒買單的，她兒子一毛都沒拿出來。」

我有點驚訝地望著她，這兒子真是勇敢。

「本來這是病人的家務事，我也不好說什麼，但是大女兒告訴我，這件事千萬別讓愛嬌姨知道，不然她又要鬧著不繼續打自費藥。」

「所以阿姨不知道？」

「嗯。」林怡津點點頭，「她大女兒是趁愛嬌姨去上廁所，才偷偷跑進診間告訴我，還要我千萬別在愛嬌姨面前提這件事情，所以妳也要裝不知情喔。」

我急忙點頭後說：「沒問題，我知道了。」

「免疫藥一次要價五萬多元，我想兩個女兒應該負擔不起，現階段還是先用標靶加化學藥就好。」林怡津也頗會替病人與家屬的荷包著想。

「希望換個藥物就有效。」我也暗自為阿姨祈禱。

林怡津又喝了一口咖啡後就起身對我說道：「精神好多了，走吧，我們趕緊去查房，別讓病人們等太久。」

「嗯。」我跟林怡津一起走出休息室，跟著開始一床床查房看病人。

陪著她看完病人後，我接到安寧共照師楊佳齡的電話，聊起了其他病人的事情。掛上楊佳齡的電話，腦海裡還在回憶著，突然一聲哭喊聲驚醒了我。

「我也是妳的小孩，為什麼妳要這樣子做。」

我望向護理站對面的病房，剛剛的聲音是從那裡面傳出來的。

護理師齊雲也被驚動，趕忙停下手上的事情，走到我身邊。

「學姊，妳聽到了嗎？07房裡面是在吵架嗎？」

「嗯，不知道。」我還想說些什麼時，又傳來一陣吵架聲。

「既然妳疼哥哥，眼裡只有他，那妳找他來照顧妳呀。我走就是了。」

我跟齊雲對看一眼，跟著看到小女兒氣噗噗走出病房，直接往電梯方向走去。

「學姊，是愛嬌姨的小女兒。」齊雲拉拉我的衣袖，「我去追她。」

齊雲就往電梯方向追去，而我自然沒有閒著。

我走入病室，只見愛嬌姨坐在床沿，臉上掛著兩行淚水，沉默不語。

剛剛他們母女倆這麼激烈的爭吵，現下不是查清其中緣由的時候。我走到愛嬌姨身邊，拍拍她的肩膀後，靜默地遞上衛生紙，什麼都沒有問。

愛嬌姨哭了很久，後來抬頭望著我問了聲：「我錯了嗎？我真的錯了嗎？」

「愛嬌姨，妳怎麼啦？」

「我只是把房子過戶給兒子，沒有留給女兒，我錯了嗎？」愛嬌姨嘆了口氣，「習俗上財產本來就該傳給兒子，我並沒有錯。」

原來剛剛她們母女倆的爭執點是這個，這類家務事我也不好開口介入。大抵我就聽聽，當個聽眾也罷。

「她好命，嫁了個好先生，婆家很有錢生活上富足無虞，她根本不缺錢。我兒子在外島當兵，我死了以後是兒子要祭拜我，當然得把唯一的房子留給他，以後我的牌位才有地方擺呀。」愛嬌姨輕嘆口氣後說：「可是妹妹居然怨我不公平，我走了以後，她又不能來祭拜我，我當然得打理好將來的事情。」

如此聽來，愛嬌姨有她的考量與安排，不能說這件事情是她不對。只是愛嬌姨似乎忽略了小女兒的感受，這段時間是女兒們陪著她走過這段抗癌之路，兒子算是徹底甩鍋。加上林怡津又告訴我這兩次的標靶藥都是女兒出錢，兒子既不出錢又沒出力，最終還把媽媽僅存的房產拿走。要我是她女兒，一定也會傷心透頂。

我靜靜地陪著愛嬌姨，沒有把我心底的想法說出來，向來我是不主動介入病人的家務事。愛嬌姨這種家務事，又涉及金錢，這等家務事外人特別無法插手。我也只能聽一聽，讓愛嬌姨抒發一下情緒。

只是，沒料到後來小女兒就沒回來，晚上大女兒來了，面對媽媽也是一臉無奈。我知道大女兒卡在妹妹與媽媽中間，加上哥哥的狀態，她也很難說上什麼話。而林怡津早先查房時已經跟愛嬌姨討論好，暫時改以另一種化療藥輔以標靶藥物試試看療效。

於是，愛嬌姨就改變了化學治療藥物種類並搭配標靶藥，繼續抗癌之路。而在那天後，當愛嬌姨住院時，我再也沒有見到小女兒出現，愛嬌姨都獨自提著行李辦理住院。

葉心曾經不經意問過愛嬌姨，怎麼小女兒沒來了？

愛嬌姨只是笑著說她婆家公司忙，所以沒時間過來。

我心知肚明，也不把話說破，但是我覺得愛嬌姨的微笑明顯變少了，多了很多沉靜發呆的時間。

雖然晚上的時間跟出院當天，大女兒都來陪伴愛嬌姨，但是她已經明顯不似以前那般開朗愛笑，眼神中總帶著點陰鬱。

我也試著想敲開愛嬌姨的心房，但是愛嬌姨總是一句因為治療太累，所以都沒睡好，輕輕帶過。

病人不願意說，我也不得其門而入，只好悄悄退開。

連齊雲都笑我是踢到鐵板了，難得也有我無法敲開的心房。

我當然知道愛嬌姨的心結是什麼，但那是我愛莫能助的那一塊。

這天是愛嬌姨接受第五次化療，因為腫瘤指數雖然有下降，但是幅度不如預期，於是林怡津要我提早幫阿姨安排檢查。

檢查以後，果不其然治療效果並不好，不只原先肝臟與肺部的轉移腫瘤只有稍稍變小而已，在阿姨的後骨盆腔深處更有新的腫瘤。

「我的媽媽咪呀。」我看著電腦上的片子，當下只覺得頭皮發麻。

林怡津搖搖頭跟著感嘆著說：「難怪阿姨最近老是跟我說有點便祕，而且後腰老是覺得痠痛，原因就在這裡。」

「那怎麼辦？」我望著林怡津，「看起來化學治療應該沒有效果了。」

「試試看放射線治療。」林怡津輕嘆口氣，「大概要多管齊下了。」

望著林怡津的樣子，我大概猜到愛嬌姨的病情不如預期般好搞定。如同之前我提過的，卵巢癌的癌細胞超級難纏，如果無法一次就把癌細胞打到趴下，那麼就得跟它賽跑，一旦輸了便是全盤皆輸。

愛嬌姨靜靜地聽完我們的解釋後，她的情緒上並沒有很大的反應。

林怡津以為阿姨被嚇傻了，於是又問道：「阿姨，還是我聯絡妳的子女，讓他們也知道妳的情況。」

愛嬌姨搖搖頭後說：「不必了，我知道了。林醫師謝謝妳。」愛嬌姨抬頭望著我們，「我大概知道情況，我還有多久時間？」

「阿姨，現在還沒到那麼壞的階段，我們還能試試看其他治療方式。」林怡津不死心地勸著她，「如果妳下不了決定，就讓兒女們來了解情況，大家一起討論討論。」

「又有什麼好討論的，這是我的身體我的命，我可以自行決定。」愛嬌姨輕嘆口氣後說：「為了多活這麼些時間，小孩們已經花了很多錢，想不到還是沒有用，既然這樣我也不想要剩下的時間都在醫院裡面度過。」

愛嬌姨望著林怡津後說：「其實打化療很痛苦，我每次都要告訴自己一定會好起來的，可是我努力這麼久，卻還是這種結果。」

「阿姨，現在的情況還沒有那麼壞，還是可以再試試看其他的治療方法。」我忍不住也開口勸著阿姨，「林醫師還要幫妳做其他治療，我們一起努力看看，好嗎？」

愛嬌姨突然掩面哭起來，跟著哽咽說道：「我真的很累，為了治這個病，我付出那麼多時間，卻還是這種結果。」

我走過去輕輕拍著愛嬌姨的肩膀，跟著說：「阿姨，我們都知道妳很辛苦，但是這時候放棄，很可惜。」

愛嬌姨抬頭望著我，她臉上掛著兩行清淚，然後說：「我如果繼續活著，也不知道該怎麼活下去了？」

阿姨的這些話弄得我一頭霧水，「阿姨，妳怎麼了？這是什麼意思？到底發生什麼事？」

愛嬌姨突然崩潰大哭起來，跟著抽抽噎噎地說道：「我的房子都快要保不住了，我沒有地方住了，我……我……我就要無家可歸了……」

無家可歸？我不解地望著她，這是什麼意思？

一旁的林怡津也不懂愛嬌姨的話是何意？

愛嬌姨哭著望向我們，無助說道：「我把房子過戶給兒子，本來希望他可以奉祀祖先牌位，以後我死了有人祭拜，結果他卻把房子抵押給地下錢莊，如果我沒有把錢湊出來，那棟唯一的房子要被錢莊拿走了。」

這些話讓我的下巴快掉下來，這種事以前聽多了，沒想到居然會在眼前真實上演。

愛嬌姨有點怨恨地說道：「房產轉移給家中的男丁，是天經地義的事情，誰知道他居然這樣子報答我，把房子抵押地下錢莊。我大女兒又氣又急，說是要找律師告他，但是當初是我一廂情願，把房子轉到兒子名下。如今這一切都是我造的孽呀。」

林怡津搖搖頭表示無奈，難怪阿姨不願意我們再找來子女們解釋病情，應該是因為小孩們為了這間房子的事情已經鬧翻。

愛嬌姨不願意因為她的病情再去聯絡孩子們，應該是已經沒有臉面去驚擾他們。

而面對如此僵局，我跟林怡津是否可以幫上忙呢？

我坐在護理站裡面，暗自思量著，是否去問來愛嬌姨小女兒的電話，乾脆來當個中間人，稍稍緩和一下她們母女之間的僵局？又或者，跟大女兒說說阿姨目前的病情，讓姊姊去勸勸妹妹？

苦惱呀苦惱，每次遇上這種家庭裡的難題，我總是覺得當下的角色很尷尬，到底該不該多說上幾句？不過這是人家的家務事，我又有什麼立場去說？可是不說、不介入，又覺得阿姨很可憐。

再怎麼說，如今愛嬌姨非常後悔把房子轉移給兒子，更沒料到兒子這麼快就把房子給敗光光。

齊雲坐到我身邊後說道：「學姊又在苦惱什麼啦？」

我轉頭看著她跟著搖搖頭表示沒事。

「少來，從妳跟林醫師查完房回來以後，妳就呆呆地坐著沒說話。」齊雲小小聲說道：「是愛嬌姨的事情嗎？」

我驚訝地望向她，莫非她有讀心術嗎？

「齊雲，妳怎麼知道？」

「我大概猜到的。」齊雲坦然告訴我，「其實這段時間我發現阿姨小女兒都沒出現，加上上回住院時，發生她們母女倆吵架的事情，我猜測應該是她們家裡面的事情。」

「唉。」我望著齊雲有點求救似地問：「妳覺得我該不該打電話給小女兒？」

「妳想打就打呀。」

我又問她，「萬一打了以後，被打臉呢？」

齊雲伸出手捏捏我的臉頰，「妳不是天不怕地不怕嗎？這時候居然還怕被打臉嗎？」

我拍掉她的手，「我當然不怕，只是有點猶豫。」

「妳還有會猶豫的時刻？我以為妳向來都是說做就做，勇往直前的人。」

不知道為什麼我就是有點顧忌與卻步，也許是之前發生的事情。我明白小女兒生氣與心灰意冷的點在哪裡，何況愛嬌姨應該也沒料到，現今會變成這種情況。

「還是我跟大女兒說。」我望著齊雲，至少大女兒還會陪阿姨來住院，應該她們之間的關係沒有那麼僵硬吧。

「那妳想要對她說些什麼？」

「阿姨的病情呀，還有讓她去勸勸妹妹。」

齊雲突然瞇起眼睛笑著說：「這才是我認識的學姊。」

我捶了她肩膀一下，「又不幫忙出主意，就只會笑話我。」

齊雲點點頭，跟著說：「來來來，我去幫妳找電話。」

「臭齊雲，我知道怎麼找啦。」我起身走過去翻著阿姨的病歷，找到了電話，深呼吸鼓起勇氣，然後就拿起電話撥了出去。

幾天後，我跟齊雲在護理站討論病人的病情，然後兩個身影從旁邊經過，葉心突然跑到我面前一驚一乍地叫著。

「學姊。」

我抬頭不解望著葉心，「葉心妳幹嘛？」

葉心指著病房門然後張著口沒說話。

「妳啞巴啦？」齊雲握住她的手，跟著說：「那裡怎麼了？」

「來了，來了。」葉心激動地說道：「她來了。」

我微皺眉，不是很懂是誰來了。

「學姊，愛嬌姨的小女兒來了。」葉心帶點興奮地說：「剛剛她跟姊姊一起進病房了。」

終於，謝天謝地。我心底鬆了口氣，前幾天硬著頭皮打電話，從大女兒的語氣中聽出些許不安，似乎姊姊也沒有把握可以勸動妹妹。

本來想著，如果等幾天後還是沒等到小女兒出現，真得去跟阿姨拿小女兒的電話，又得硬著頭皮一次。

「那就好。」既然兩姊妹一起來了，就代表小女兒雖然對上次那件事情很生氣，但是心裡面應該還是心疼媽媽的。

我轉頭繼續手上的工作，葉心挨到我身邊小小聲地說：「學姊，那我們要不要去幫忙說點阿姨的好話？」

我轉頭望著葉心，「葉心呀，現在呢就讓她們母女三人好好說說話，好好聊一下，我們這些閒雜人等還是別進去病房打擾她們。」

「喔。」葉心點點頭，「好像也是，她們應該有很多事情要談才是。」

「那是她們的家事，我們也不好參與太多。」齊雲也認同我的看法，「何況學姊已經出手救援了。」

我推了齊雲一下，「好了啦，妳不是要跟我討論病人，結果跑來扒我的臭事。」

「妳是路見不平，那算是什麼臭事。」

「唉，本來我是不大喜歡介入病人家裡的事情太多，可是那天愛嬌姨的眼淚與悔恨，我實在無法置之不理。」我坦然說出內心的想法，「我這人就是心軟。」

看他們姊妹倆一起到病房來，我明白妹妹願意來看愛嬌姨，表示她心底還是關心媽媽。至少眼前愛嬌姨的治療，姊妹倆會繼續陪著媽媽一起走下去。至於她們的家事，這就不是我能插手的範圍了。

針對骨盆腔中復發的腫瘤，林怡津幫愛嬌姨安排放射線治療，再輔以化學治療，希望能夠抑制腫瘤。

當然有的人會疑問，既然有腫瘤幹嘛不直接手術切除就好？

我不能說手術不好，只是惡性腫瘤大多沒有完整包膜包住，而且容易跟周圍的器官組織粘連在一起。要切除可能要犧牲部分器官，而且切不乾淨，後續還是得要化學治療或是放射線治療。所以當病人有復發性的腫瘤，能夠以化學治療與放射線治療來對抗腫瘤，就盡量採取這些方式。

於是，愛嬌姨住院接受化學治療並且安排好放射線治療計畫後，先辦理出院返家。因為放射線治療在門診就可以進行，無須住院治療。

出院那天，小女兒也告訴我，她會陪著愛嬌姨後續每天通勤來放射線治療。

那房子呢？愛嬌姨心心念念，她本來想留給兒子的房子，能夠保得住嗎？

小女兒沒提，我也不敢問。這個疑惑，我想最好還是爛在肚子裡面，人家的家事還是別多過問比較好。

後來，愛嬌姨便開始了放射線治療，同時間林怡津把化學治療的藥物劑量調低，間隔時間拉近，阿姨就改在門診接受化學治療與放射線治療，後續並未安排住院治療。

約莫四個月以後，某天林怡津告訴我，愛嬌姨要去安寧病房了。

聽到這消息時我有點訝異，「怎麼這麼突然？難道是治療效果不好嗎？」

林怡津搖搖頭後說：「上週回診阿姨跟我說她最近拿東西都拿不到，感覺眼睛退化得很快。我幫阿姨安排電腦斷層，發現腦部出現轉移的腫瘤。」

腦部轉移？怎麼這麼快？

「阿姨說經過這段時間的治療讓她很累、很無奈，既然又有新的腫瘤長出來，剩下的時間也不多了，她不想繼續接受治療，想要很平靜地度過剩下的日子。」林怡津嘆了口氣後說：「雖然小女兒希望阿姨繼續努力，可是阿姨很堅決不要繼續治療。」

「那阿姨已經轉過去了嗎？」

「應該還沒有，我前天讓阿姨先去門診諮詢，然後排等病床。阿姨腦部轉移的部分進展很快，走路也已經開始不穩。」林怡津望著我，「妳應該有方法可以問到阿姨的後續情況吧？」

「嗯，這部分我再來追蹤看看。」我可以請安寧共照師幫忙關照一下愛嬌姨後續的狀況，眼下她的情況似乎還不算太糟，不過腦部轉移後，病情變化難以預料。如果有機會，我想去安寧病房看看愛嬌姨。

一個月後，我開著車跟齊雲到達位於分院的安寧病房。

醫院把安寧病房設置在一處山谷之中，環境清幽且景色宜人，很適合癌末病人於此度過人生最後一哩路。

幾天前我跟安寧共照師楊佳齡聯絡過，知道愛嬌姨已經入住安寧病房一週了。阿姨因為腦部轉移影響了視野，所以走路與日常自理等能力正逐漸失能中。

我和齊雲帶著一些營養品，進入安寧病房，依照楊佳齡給我的病床號碼，來到單人病室前。輕輕敲門後，我們連袂走進去。

愛嬌姨半躺在病床上，病室內點著薰香，是淡淡的樹木香氣，聞起來很舒服。而小女兒正在一旁削著蘋果。

小女兒見到我跟齊雲，驚訝地起身。

「妳們怎麼來了。」

我走過去望著病床上的愛嬌姨，跟著說：「阿姨，我是樂樂，妳還好嗎？」

愛嬌姨睜開眼睛望著我們，她的眼神似乎無法對焦。

「媽媽，是樂樂專師還有齊雲護理師。」小女兒站到病床旁跟愛嬌姨說著：「她們來看妳了。」

愛嬌姨先是往小女兒的方向轉頭望著，跟著又轉向我們的方向。

「是樂樂來了嗎？」愛嬌姨伸出手，我急忙去拉住她的手。

「愛嬌姨，是我。」

愛嬌姨似乎已經看不太到，她拉著我的手後說：「妳還特地來看我呀。」

「是呀，阿姨，妳好嗎？」

愛嬌姨點點頭，「好好好，就是眼睛不大行了。」她摸著我的手背後說：「我只能看到亮亮的人影，已經看得不大清楚了。不過，沒關係啦，幸好我這耳朵還行。」

「阿姨，我是齊雲。」一旁齊雲走到我身邊，她說道：「我跟學姊一起過來。」

「喔，齊雲也來啦。好好好。」愛嬌姨開心地笑了出來，「妳們還特地跑這一趟，真不好意思欸。」

「什麼不好意思，阿姨妳怎麼這麼說？」我拍拍阿姨的手，「哪裡不好意思，我跟齊雲很想妳呀，所以我們就來了。」

愛嬌姨開心地笑著，我們陪著阿姨說說笑笑，談天說地，待了近一個小時後才離開。小女兒送我們到病房門口後，又跟著我們出來。

「謝謝妳們還專程跑來看媽媽，我感覺到媽媽很開心。謝謝妳們。」小女兒對著我們深深一鞠躬，跟著說：「也謝謝妳們這段時間以來，對媽媽的照顧。」

我趕緊扶她起來，「這都是我們該做的。」

「媽媽的變化很快，本來只是說視力變差，但是住進來安寧病房沒幾天就看不見了，只剩下光影在眼前晃動而已。」小女兒突然哽咽起來，「我很怕，隨時會失去媽媽。」

我拍拍她的肩膀後說：「之前的治療對阿姨來說真的很痛苦，很難熬，接下來的最後一哩路，愛嬌姨能有妳在身邊陪著，我想她一定已經沒有遺憾。」

小女兒點點頭，「只可惜我沒辦法幫媽媽保住她的房子，我能做的就是把祖先牌位，移到我名下的房子裡面，然後讓媽媽跟姊姊至少有地方可以住。」

原來愛嬌姨的房子還是沒有保下來呀。

「媽媽最擔心因為她的關係，害得姊姊流落街頭，幸好我還有個小房子，可以讓她們住下來。」小女兒望著我，「那時候謝謝妳打電話給我姊姊，如果不是姊姊勸我，我想我可能到現在都還在恨媽媽。」

「那現在呢？妳還會怪媽媽嗎？」我問她。

小女兒搖搖頭，跟著掉下淚來。

我拍拍她的肩膀後說：「手心手背都是肉，妳跟哥哥姊姊都是阿姨身上掉下來的一塊肉，又該怎麼衡量她疼誰比較多或比較少？也許哥哥是拿走房產了，那是因為媽媽擔心沒人奉祀祖先，並不是比較不疼妳。」

小女兒點點頭跟著說：「我知道。」

「就別亂想了，阿姨能夠舒服地、平靜地走完最後一段路，就好了。」我安慰著她，「我跟齊雲先走了，妳也要好好照顧自己，不要太辛苦。」

小女兒點點頭，然後我跟齊雲就先行離開。

在回家的路上，我不停回憶著這段時間以來與愛嬌姨的相處，還有謙虛有禮的小女兒。

「學姊，那愛嬌姨的兒子就這麼吃乾抹淨呀？」齊雲感慨地說道：「愛嬌姨留給他的房產，過戶都還沒一年欸，居然在他手上通通敗光光。」

「妳一定很少追劇喔，這些事情啊八點檔可都沒有少演過。」我嘆了口氣說：「可惜現實中還是一再上演呀。」

「還好最後母女倆打開心結了。」齊雲拍拍我的肩膀後說：「我們學姊親自出馬，自然會有好消息。」

「謝謝妳抬舉喔，我那麼一點臭事，妳還是趕緊忘了吧。」我笑著說：「等等去哪裡吃飯，我請客。」

「學姊要請客！」齊雲立刻生龍活虎，跟著拿出手機查著。只見她興奮地說道：「哇，我得來吃點好的。」

我聽著齊雲的話，忍不住笑出來，人生嘛，可以開心吃吃喝喝，就是暢快呀。

為人子女，不求父母能給我們什麼，而是我們能在父母百年之前做些什麼？一生中父母為子女殫精竭慮，好吃好喝都留給子女。走到人生最末，也只想把房產與金錢都留給子女，卻捨不得用在治病花費。子女們又是如何回報這份恩情呢？如果斤斤計較公平，又是怎麼樣才公平呢？

手心手背都是肉，每個孩子都是從母親肚子掉下來的一塊心頭肉，計較多少又有何用？何不趁著父母還在的時候，盡心奉養回報，莫待父母遠去便只剩下悔恨。

第七章　病房裡的五四三

醫病關係和諧是目前許多醫院高層頗為重視的議題，然而因為邁入資訊爆炸的年代，獲取知識管道多元，一般民眾對於醫療的期待也為之升高。

病房裡會發生些零星小事，有時讓醫護人員感到傷腦筋卻又哭笑不得。到底為何故，且聽我娓娓道來，關於這些病房的五四三。

倘若吃壞肚子，突感腸胃不適而有腹瀉症狀，你會如何自我保健？相信大家都有過類似經驗，不外乎先停止飲食，只喝溫開水或運動飲料等電解質飲料。倘若症狀無法改善，便會向醫院求診。

民眾們大都有一套面臨腹瀉腸胃不舒服時的自我保健方法，有的人會停止飲食幾天，讓腸胃道好好休息。等到腹瀉症狀停止，再嘗試喝水、溫和的低油飲食等方法。一方面讓腸胃道稍微停機休息，再開機的時候也不能操之過急。然而，這位病患卻讓我大開眼界，刷新三觀。

小美是位子宮頸癌第三期患者，因為發現疾病之時已達第三期，故而不適合手術治療。主治醫師為她安排放射線與化學治療，透過雙管齊下的治療模式，抑制癌細胞。而放射線治療常見的副作用，會因照射部位不同而有所差異。像是婦癌病人的放射線治療，因為部位集中於骨盆腔內，所以對於膀胱及大腸也有相關影響。而小美便是因放射性腸胃炎入院治療，除了嚴重腹瀉外，並沒有合併腹痛等症狀。

而積極給予止瀉藥物及點滴輸注幾天後，我發現小美的腹瀉狀態並沒有改善，相反的還有加劇的情況。因為擔心是否為沙門桿菌或其他輪狀病毒之類的腸胃炎，我跟主治醫師建議留取糞便培養。耐心等候幾天後，檢驗報告卻顯示沒有任何病毒或細菌感染。奇了個怪呀！小美的腹瀉是水狀腹瀉，而且一天多達七到十次之多。如果只是簡單的放射性腸胃炎，給予止瀉藥及點滴輔助治療後，應當見到療效，怎麼會一點都未改善呢？

百思不得其解之際，某天早上護理師神祕地把我拉到角落，終於找出為何小美的腹瀉不見好轉的原因。

「學姊，妳一定很好奇，為什麼小美拉肚子都沒辦法好吧？」護理師壓低聲音地對我說：「其實小美一直都偷偷吃東西。」

偷吃東西？我驚訝地望著護理師，「我不是告訴小美只能喝水或運動飲料嗎？她偷吃了什麼？又是誰幫她買的？」

小美身上有點滴，應該沒辦法偷偷跑出去買食物才是。

護理師神祕一笑，「學姊，妳可別小看了病人的能力，他們可是很厲害的。」

「很厲害？」

護理師伸出手做出滑手機的動作，我立刻意會到。對呀，現在外送這麼方便，只要在手機上點一點，想吃什麼通通買得到，而且還會專門送到病房裡。

「可是外送員願意送上來嗎？」我望著護理師，畢竟有些外送員嫌麻煩，希望在醫院大門口面交，比較少願意送上病房。

「事情會曝光就是因為昨天大夜班，外送員把食物放在護理站，小美只能走到外面來拿，因為烤肉實在太香了，我們才知道她偷偷點了外賣，還偷吃烤肉。」

我驚呆地望著護理師，「烤肉！小美居然偷吃烤肉！」這像話嗎？一個腹瀉不止的病人，吃了一堆止瀉藥卻搭配油滋滋的烤肉。我的天呀，這番不合乎常理的操作後，腸胃炎能夠好起來的話，還真是奇蹟呀。

「不止烤肉，沒多久之後還有一杯泡泡綿綿冰送到病房。」護理師嘆了口氣後說：「小美真的很懂吃欸，烤肉配綿綿冰，這兩樣還挺速配的。」

光想像那個畫面，我也有股想去買烤肉加上綿綿冰的衝動了，只是這般亂吃，正處於發炎狀態的腸胃道怎麼可能受得了？而且，吃了以後狂跑廁所也不會太好過，到底小美的內心在想些什麼？

好吧，既然知道小美的腹瀉好不了的根本原因，我得去了解一下她的困難在哪裡？管不了嘴巴？抑制不了衝動？

若是繼續任由她這樣亂吃下去，小美根本沒有出院的可能。

思索對策過後，我和主治醫師一起過去病房看小美。而正好被我們看到她預備打開便當大快朵頤一番。

「小美，妳還在拉肚子，怎麼可以吃便當，主菜還是炸排骨。」主治醫師驚呼說道：「排骨那麼油膩，對妳的病情沒有幫助。」

小美急忙闔上便當盒蓋後有點心虛地說：「我只吃一點點而已，應該沒有關係吧。」

「什麼一點點，不行就是不行。」主治醫師難得罕見地扳起面孔嚴肅說道：「一直腹瀉可是會出人命的，妳若是不聽我們的衛教去做，接下來電解質因為持續不平衡，會出現手足痲木甚至肌肉無力的症狀。」

小美嘟起嘴小聲嘟囔道：「反正不吃也拉，吃了還是要拉。與其餓肚子眼冒金星，倒不如吃個爽快以後再拉掉，這樣還比較爽。」

「小美，妳繼續這樣胡亂吃下去，腹瀉永遠不會好。還不如忍耐一下，讓腸胃道獲得充分的休息時間，等徹底好起來以後就可以盡情大吃大喝。」我忍不住接著告誡她，「腸胃道已經在跟妳抗議了，妳必須讓他好好休息，未來的路還很長。」

聽著我們的殷殷勸戒後，小美只得放棄面前的便當。

而接下來幾天，小美依循衛教乖乖地只有喝水與運動飲料後，終於沒有繼續腹瀉，正當預備讓她開始嘗試軟質飲食那天，卻又有新的問題產生。

抽血檢驗過後，小美的白血球低下，俗稱免疫力低下，所以除了給予白血球上升素注射治療外，在飲食上面也必須小心。

因為免疫力差，所以擔心伺機性感染，此刻必須暫停所有生食。例如生菜沙拉、生魚片與無法去皮的水果。因為生食中的細菌會引發病患感染甚至演變為敗血症。只要耐心等候白血球上升恢復以後，飲食便可恢復正常。

但那天晚上，卻被護理師發現小美讓家人預備生魚片，幸好在吃下第一口之前就被制止。護理師再度加強飲食衛教，並且告知避免生食的重要性，小美只能扁著嘴默默地看著家屬把生魚片吃完。

隔日我知道這件事情以後，感到些許無奈又覺得好氣好笑。

要說小美是不受教嗎？應當不是這般形容。

還是她不怕死？好像也沒有這般嚴重。

我覺得她是口慾大於一切，且帶著僥倖的心態。

「吃一點點沒關係啦，反正吃完就拉掉了。」

「反正白血球只有低一點點，吃一點生魚片也沒關係吧。」

有時候這種僥倖的心理，會促成大錯。要知道一旦發生感染，需要連續五到七天以上抗生素療程，而且自身免疫力不足時，療程又會比正常人更久。

而腹瀉看來似乎就是拉一拉就好，但是長久腹瀉未癒，身體中的電解質不平衡過後，會有另外一個問題。

有人會好奇，電解質是什麼呢？

一般而言，腹瀉過程中會流失水份與部分身體營養，需要適時補充足夠的水份及電解質。由於電解質水不方便購買，因此許多人會選擇方便取得且適口性佳的運動飲料來補充電解質。

腹瀉狀況發生時，體內的水份及鈉、鉀、氯等電解質都會隨著拉肚子時大量流失。當持續腹瀉時體內電解質大量流失，病人會有疲憊、頭暈、無力嗜睡等症狀。特別是鈉離子過低時，甚至會導致昏迷不醒。而鉀離子過低，則會造成心律不整的危急狀態。

所以腹瀉可不是拉一拉就沒事，倘若持續腹瀉不止，長久下來會對生命產生威脅。

而運動飲料中的電解質包含了鈉、鉀、鈣等離子，腹瀉流失的電解質，恰巧與運動流汗流失類似。所以腹瀉時是當補充運動飲料，也能補償由腸胃道流失的電解質。

除了運動飲料之外，腹瀉時的飲食也應選擇低纖、低渣、低脂食物，避免牛奶、豆類等刺激食物，油炸類、鹽烤類也盡量避免。若腹瀉情況逐步穩定，可以先以無味清淡的飲食開始，並且少量多餐多休息。

民以食為天，的確口慾是人生中最無法放棄的快樂，然而吃得健康又快樂，也是人生中應追尋的目標。

否則因為吃而導致疾病無法痊癒，甚至讓疾病變得更加棘手，屆時即便後悔也來不及。

除了特殊情況下的飲食避忌之外，有時候手術病人的飲食也是一大挑戰。一般而言手術後以清淡、好消化的飲食為主，再輔以高蛋白、高維生素C以促進傷口復原。另外，因為術後大多數時間，病人多臥床休息為主，活動量不如以往，所以護理師們多會建議少量多餐，避免一次進食過多而消化不及，再者讓身體慢慢復原。

然而有時候，某些狀況總是會讓人驚掉下巴且刷新三觀啊。

某天下午護理師緊急聯絡我，說是某床術後第二天的病人腹痛不適，希望我趕緊去看看。來到病房後只見病人半坐臥於床上，面上表情痛苦，雙手扶著腹部。家屬在旁一臉焦急，看到我來立刻開口問道。

「專科護理師，我太太肚子很痛，到底怎麼了？該不會手術出問題吧？」家屬緊張地不斷搓著雙手。

我走過去望著病人問：「肚子很痛嗎？」

病人點點頭。

「吃過午飯了嗎？」我伸手預備摸摸她的肚子。

「剛剛吃完一個三寶飯便當。」家屬幫著回答。

一個三寶飯便當！？我驚訝地望著病人，「妳獨自吃光一個三寶飯便當？」

病人點點頭。

我的天呀，別說術後病人獨自吃光三寶飯便當，我來吃也會很飽脹啊。

我搖搖頭跟著問：「護理師沒有衛教你們術後的飲食嗎？」

家屬急忙說道：「昨天術後第一天，我太太說沒有胃口，所以一整天都沒吃什麼東西。今天早上她食慾大增，又想吃三寶飯，我才跑去買給她吃。」

「先說三寶飯比較油膩，吃一點點還好，但是妳卻一口氣吃光光。術後的食慾本就無法與先前相比，應該是一下子吃太多，所以腸胃道脹住了。」我幫病人進行腹部叩診，發現胃部鼓脹一大坨，想必是三寶飯囤積於此，無法消化導致。

「噢噢。」叩診後病人隨即哀號兩聲。

「妳一下子吃太快了，都堆積在胃部，所以才這麼不舒服。」我無奈地望著病人與家屬，「術後的飲食盡量要以少量多餐為主，妳一口氣把一個便當吃光光，胃怎麼能受得了。」

「我以前可以吃下一個便當再喝一杯珍奶，從來沒有這麼不舒服過。」病人似乎不能認同我的判斷，「應該還有其他原因吧。」

「手術前一晚就開始禁食，手術當天妳也幾乎沒有進食。腸胃道淨空一段時間過後，必須採取漸進式飲食，不能這般躁進。」我嚴肅地望著病人，「我知道三寶飯真的很好吃，但是如果妳一次吃一點點，過些時間後沒有不舒服的感覺，再嘗試多吃一點，讓腸胃逐步感受恢復的感覺。而不是一口氣吃掉一個三寶飯便當，讓胃部突然被食物占據而有鼓脹感。」

「那現在怎麼辦？」家屬著急地望著我。

「能怎麼讓食物快點下去嗎？」家屬胡亂出著主意，「有沒有什麼藥能讓腸胃蠕動快一些，快點消化就好了。」

「下來走路吧。」我望著病人，「走路讓腸胃跟著蠕動起來，藥物也只是協助而已。」

病人一臉不願，「只能走路嗎？有沒有什麼藥只要吃下去就好了。」

「藥是輔助，最好的方式便是走路。」我拍拍病人的肩膀後提醒道：「下床走一走，腸胃蠕動起來後排氣，妳就會好很多了。」

家屬與病人聽了衛教後，便起身開始於病房外走廊行走，希望能讓堆積於胃部的食物，快些往下走。

而經過這次經驗後，每回去看術後的病人，我總是不忘提醒飲食的重要性。除卻清淡好消化以外，特別要注意食物的份量，千萬別因為一時的貪嘴，忘了少量多餐的重要性。

食物堆積而飽脹的感覺十分痛苦，何況病人腹部還有傷口，這番操作後只是痛上加痛，甚至會讓妳痛不欲生呢。

民以食為天，單就簡單的吃，就蘊含許多學問在內。

對病人來說，治療性飲食種類百百種，加上疾病等種種時程，所需要注意的事項何止千百。經歷過這些事之後，我更體認到個別性且專屬的衛教之重要性，另外還有不厭其煩的雞婆與苦口婆心勸解。

只希望家屬與病人能了解，我們不是阻擋你們享用美食的大好機會，而是因為疾病或是治療所需，特殊飲食有其存在的必要性。

只要疾病痊癒過後，無論是烤肉、綿綿冰還是三寶飯便當，你便可以統統準備好以後大口享受，吃到飽撐也無所謂啦。

第八章　二十五小時

一天只有二十四小時，有時總會抱怨，怎麼老天爺不多給我們一點時間，每天忙碌到天黑後沒多久就要睡覺了。我也常常感嘆，時間真的不夠用，要是能夠再多點時間該有多好。

而每回這麼想的時候，腦海中就會浮現阿敏的臉蛋。

那時候的她，因為癌細胞侵襲肺部，她戴著氧氣面罩，呼吸困難地對我說：「如果再多給我一點時間就好，哪怕只是多一個小時，只要在我生命剩下的時間裡，每天多一個小時，那我就有二十五個小時可以用了。」

每天只多一個小時，真的足夠嗎？

我們每天被時間追著跑，一分一秒地，一眨眼的瞬間就過去，相形之下時間這般珍貴無價，阿敏卻不貪心，只希望老天爺多給她一個小時，那麼她又想要利用這多出來的時間，做些什麼呢？

每到佳節，家屬或病人會贈送一點應景食品，與我們分享節慶之樂。到了中秋節，病人或家屬會送我們柚子跟蛋黃酥。而我看著蛋黃酥，總會想起以前會自製蛋黃酥來給護理師們享用的阿敏。

存留的印象中阿敏的手藝極好，她總是喜歡自己手做食品，再帶到醫院與我們分享。阿敏會使用保鮮盒裝上幾顆她親手做的蛋黃酥，然後滿面笑容地遞給我，「樂樂專師，這是我做的喔，裡面的紅豆餡也是我親手熬煮。」

接過那盒情意滿滿的蛋黃酥，我驚訝地望著她問：「這不是很困難嗎？妳怎麼會做？」只見阿敏對著我嫣然一笑後說：「不難，有心就好。」

阿敏，是位子宮頸癌患者。來到林怡津手上時，已是第一次復發，阿敏長得很漂亮，說話語調輕輕柔柔，是位讓人不喜歡也難的病人。阿敏育有一雙兒女，才剛滿五歲及三歲，那是支撐她繼續堅持治療，活下去的動力。

我望著她纖細的身材好奇地問：「阿敏，妳這麼會做吃的，為什麼還是這麼瘦？難道妳都吃不胖嗎？」

「我其實很胖欸，而且吃多了也會胖呀，只是我都淺嚐即止。」阿敏笑吟吟地說道：「妳放心啦，在配方上我都有減少糖分，而且酥油也是自己弄的。不敢說味道會有多好吃，但是一定比外面買現成的健康很多。我算過了，這裡面有六顆，妳先跟白班護理師們一起分享，等晚一點我先生過來醫院，到時候他會再帶二十顆過來。」

我不住地搖頭且嘖嘖出聲，「妳的手藝這麼好，要不要兼差賣蛋黃酥？」

「還兼差咧，我每天要忙家裡兩個小鬼頭，忙都忙死了，這些都是趁他們去上學的時候，才有時間做。」阿敏得意地笑了笑，「我也有贈送給幼兒園的老師們，她們也說我沒有接單賣蛋黃酥太可惜了。」

「不止蛋黃酥，還有妳做的肉包子，真是讓人懷念呀。」上回阿敏送給我們的是親手做的包子，從內餡到外皮，她通通一手包辦。那外皮之Q彈，讓人吃過就很難忘。

「包子是我爸爸傳授給我的，我們家祖籍山東，對於這種麵食類的食物，都自己做來吃。買外頭現成的，都覺得沒家裡做的好吃。」阿敏微笑地說道：「從小我就只吃爸爸親手做的麵條哪、包子呀，有時候不得已吃外頭的麵食館子，都吃不習慣。」跟著她又輕輕嘆了口氣說：「可惜爸爸走了，他的好手藝也就失傳了。」

我輕輕推推她的臂膀後說：「傻瓜，不是還有妳嘛？」我比比手上的保鮮盒後說：「妳現在還更上一層樓，連蛋黃酥都自己做呢。」

我的話讓阿敏的臉蛋兒飛上一抹紅暈，只見她不好意思地說：「就只是些小玩意兒，妳們就當幫忙我消化食物了。」

我點點頭，再跟她哈拉幾句後先拎著保鮮盒回到護理站，當然我也吆喝眾人趕緊到休息室嚐嚐鮮。

一口咬下蛋黃酥，裡面飽滿的紅豆餡，頓時讓我齒頰生香。蛋黃酥軟不硬澀，阿敏的手藝真是精湛且讓人驚豔。

葉心也吃得雙頰飽滿，只見她嘴裡還含著滿口食物，卻急著開口說話。

「學姊，這蛋黃酥好好吃喔。」

「那是自然，這顆蛋黃酥從裡到外，都是由阿敏親手完成，除了美味之外，裡面包裹著她滿滿的心意。」我看著葉心說道：「光是這份心意，就已經無價了。」

眾護理師們嘴裡吃得開心，心裡也飽足滿意愉快。

當然阿敏除了這次送蛋黃酥之外，後續還送給我們幾次她親手做的食物。有時候是肉包子、有時候是手卷壽司，這些食物都承載著她的真心誠意。

阿敏此次復發，適逢癌思停這款標靶藥物剛剛上市，我們醫院恰好有幸受邀參加臨床試驗。而阿敏亦符合試驗者的條件，於是她就受邀參與臨床試驗計畫。

後續阿敏接受了標靶合併低劑量化學藥物治療，每個月都住院三天兩夜，接受相關療程。在完成六次治療後，進入了緩解期。因為治療成效極佳，所以阿敏又自費接受了單一標靶藥物，作為後續的維持性治療。

維持性治療持續了九個月，此舉乃是為了延緩癌症復發的機會及時間。

我記得某次住院，適逢農曆立冬，這是個傳統上需要補冬的節令。阿敏的媽媽特地燉煮一鍋雞湯，並帶到病房裡，給女兒飲用補身，另外也分享給我們。

能在寒冷的天氣裡，喝上一碗暖暖的雞湯，不止身體暖，連心都溫暖了起來。

那是我第一次見到阿敏媽媽，不難想見年輕時一定是位大美人。

雖已年過半百，但是阿敏媽媽的身材維持得宜，簡樸的衣著掩飾不了她出眾的氣質。喝過雞湯後，我趕緊到病房向她道謝。

簡單自我介紹後，阿敏媽媽拉著我的手不停地道謝，「樂樂專師，謝謝妳們這麼用心照顧阿敏，還好有妳們。」

「阿姨，妳太客氣了，這些都是我們該做的。」我急忙道謝說著，「倒是要感謝妳，還特地煮雞湯帶來醫院，我們是分到阿敏的福氣，才能喝到這麼棒的雞湯。」

「都是些小東西，還好妳們喜歡。」阿敏媽媽含蓄地說道：「我想剛好冬令進補的日子到了，所以煮點雞湯給阿敏補補身體。這次的病來得凶險，幸好有林醫師跟妳們這麼盡心照料。阿敏才有驚無險地度過這次難關，我還真怕她會這麼一走了之，那她的小孩該怎麼辦。」

「接下來還有很長的路要走呢，阿姨別擔心。我們一定會盡全力幫助阿敏。」我望著阿敏媽媽擔憂的面容，果真是天下父母心，小孩無論長到幾歲，遇上生病了還是這般憂心忡忡地煩惱著所有事情。

「媽，妳就放心吧，有林醫師跟護理師們這樣幫我，我一定會把病給治好的。」阿敏撒嬌似地抱住媽媽後嬌聲說道：「到時候，我們再一起出國去玩。」

「這錢呀還是得要省著點花，妳後面還要自費打藥呢。」阿敏媽媽拍拍她的手又叮嚀道，「錢不好賺，妳的孩子又那麼小，妳可得替他們打算一下。」

「放心吧，國彰都有計算著。」阿敏明白家中經濟都仰仗丈夫國彰，目前自己生病無法工作，但是年輕時攢下的存款，暫時還能應付這段時期的自費藥物。

「希望妳把病治好，身體健康了，這樣我才不會老是替妳煩惱。」阿敏媽媽感嘆地說道：「妳爸才走沒幾年，偏偏妳又碰上這種事，我又多了許多白頭髮。」

「放心吧，等我身體好了，我也可以去上班賺錢呀。」阿敏望了我一眼後又說：「而且我打這種標靶藥，沒什麼副作用。」

這是自然，標靶藥物與傳統化學藥物的作用機轉不同，自然副作用也不盡相同。

癌思停（Avastin）屬於癌症標靶藥物之一，是一種抑制血管新生（angiogenesis）的單株抗體（monoclonal antibody），可以和血管內皮生長因子（vascular endothelial growth factor, VEGF）結合，藉由抑制腫瘤血管的生成，進而抑制癌細胞的生長。

就像所有藥物一樣，癌思停也有副作用，有些副作用比較輕微，讓人感到些許的不舒服，有些很快就消失了，但有小部分可能相對嚴重。每位病人可能會發生的副作用不盡相同，包含了血壓升高、蛋白尿，傷口不易癒合或傷口延緩性出血，甚至腸胃道穿孔等。

阿敏的疾病施用癌思停效果頗佳，並無相關副作用發生，所以目前仍可持續使用此藥物進行維持性治療。當然我們也有密切監測相關的副作用，並提醒阿敏注意小心。

這次住院後，我跟阿敏也不時閒話家常。我才知道，她結婚以前從來不進廚房，那時候的阿敏可是父母捧在手心上疼愛的公主。爸爸很會做麵食，媽媽也是臺菜高手。阿敏不用親自下廚，下班回到家裡以後，就有美食可以享用。

直到婚後，阿敏因為吃不慣外食，趕緊回家裡央求父母親教學，這時候她才開始學習如何做羹湯，這一切都是為了先生與孩子。

而每回阿敏住院期間，看著她與先生的互動，其實我心中有著一個遲遲無法問出口的問題。阿敏長得很漂亮，是那種連女性都會羨慕的美麗容顏。

但是她的先生其貌不揚且身形中等微胖，怎麼樣都很難把他跟阿敏聯想在一起。國彰安靜不多話，但是我看他們夫妻倆之間的互動後發現，即使國彰的相貌普通，個性卻很溫和又很疼愛老婆。

像是住院期間，扛行李的粗重活一定由國彰來做，阿敏只要提著小包包就好。另外，他都會幫阿敏注意保溫壺裡的熱水還剩多少，杯子裡的水還夠她喝嗎？那些小細節都會注意且處理好。

某次，我去查房適逢國彰外出採買，我忍不住把心中的疑惑說了出來。

只見阿敏嫣然一笑後對我說：「妳不是第一個問我這個問題的人了，以前我剛要結婚的時候，我的閨密也說，追我的人多了去，怎麼會選擇他呢？」

「我想妳先生必定有過人之處吧？」我好奇地望著她，等候答案。

「雖然很多人追我，但是國彰那時候總是默默守候在一旁。有一次下大雨，我從公司要離開，他拿著傘在公司樓下門口等我，我發現他身上的衣服是半溼的，也不知道他到底等了多久。問他也只回答沒有很久。」阿敏像是沉浸在戀愛中的小女孩一般，眼神中閃爍著粉紅光束，甜蜜地回憶著以前的事情，又說道：「還有一次，他還特地送了我喜歡的那家起司蛋糕到公司給我，說是剛剛經過天母就買來送我。」

阿敏喜孜孜地繼續說道：「可是，我記得他的公司又不在天母，常跑的業務路線也不會經過，擺明了就是專程去幫我買的。」

古有云，願得一心人，白頭不離分。這般深情相守，又是下大雨送傘，還專程買她愛吃的起司蛋糕，我想難怪阿敏會被他所打動。

「我媽之前也笑話過我，說我們是美女配野獸，但是後來，媽媽也很喜歡他。因為國彰超級會做人也很會討好我媽。」阿敏雖是嘴上用抱怨的語氣說著，但其實還是很甜蜜。

「這是一定要的，畢竟他拐跑了心愛的女兒呀。」我微微一笑，臺灣不是有句俗諺這麼說：丈母娘看女婿，越看越滿意。阿敏的先生如果懂得愛屋及烏，必定也能贏得丈母娘歡心。

而住院期間，我也偷偷觀察著，國彰雖然木訥少言，但是待阿敏極好。住院期間總在一旁，安靜陪伴她，到吃飯時間就自動去買餐點，該去接孩子就會先離開一下，等把孩子安頓好便回醫院守在阿敏身邊。

我感覺國彰對於阿敏是無怨無悔地付出，也挺羨慕他們夫妻倆的感情是這般好，卻又如日常般平淡卻濃烈。

阿敏接受完九個月的癌思停治療後，林宜津建議可以先休息觀察，所以她便轉到門診追蹤。

這天阿敏到門診追蹤，她拎著手作的包子來看我們。

手中拿著還微微溫熱的包子，心中感受到阿敏傳達給我們的情意與溫暖。

我望著阿敏問道：「這是早上起來蒸熱了之後才帶過來醫院的嗎？」

她點點頭跟著又說：「這些包子都是我昨天下午才做的，今天一早我起床後就先把它蒸熱，想著妳們拿到手就可以立刻吃。」

我望了包子一眼後迫不急待地咬了一口，那鮮香的蔥肉滋味，加上Q彈的外皮，使得我齒頰生香，心裡滿足極了。

而齊雲也立馬吃了一口，跟著驚訝大喊著：「好好吃喔。阿敏，妳的手藝很好。包子的外皮跟內餡都很好吃，妳可以考慮開放網購了。」

聽著眾人的稱讚，讓阿敏覺得有點不好意思，只見她靦腆地笑著說：「沒有啦，只是自己做著好玩。幸好妳們喜歡。」

「來來來，我們來幫阿敏開發業務，老是吃免錢的也不好。」齊雲拉著阿敏的臂膀後說：「妳就當是賺點外快，我們不好總讓妳請客。」

「一點小東西而已，我只是興趣而已，沒想過要把包子當成生意來賣。」只見阿敏泰然一笑後說：「而且，當成興趣做沒有壓力，真要當商品販賣，就得考慮許多事情了。」

或許阿敏的顧慮是對的，如果只是把手作當成興趣，不用擔憂商品是否賣得出去？如果接單以後是否做得出來？另外還得考量食材的成本及物流的運費等等，只是單純做來跟其他人分享，就沒有這麼多的考量了。

沒有時間壓力、沒有成本考量，還有就是什麼時候想做就做，不用顧慮許多。而以阿敏目前的情況，也不適合太過勞累。能逍遙自在過日子，對她來說就是最好的狀態。

自然我也替林怡津留了兩顆肉包，等她上來查完房以後，就在休息室裡吃著肉包搭配咖啡當成午餐。

「嗯，阿敏的手藝真的很好，這不輸給外面賣的包子。」林怡津邊吃邊稱讚說道：「而且這肉包不會很油膩，吃起來蠻清爽的。」

「自己做的自然在用料上會格外費心，另外這外皮也是自行揉麵製成。」我比比包子皮，「吃起來超Q彈的，很棒吧。」

林怡津連連點頭後說：「想不到阿敏不只長得漂亮，不但出得廳堂還進得了廚房。」

「這是自然，應該可以說是才貌兼備吧。」我感嘆地說道：「不像我只會煮泡麵。」

「煮泡麵也不錯呀，至少還會開火。」林怡津笑著說道：「我只會開瓦斯爐煮水，其他便一概不會。」

這些話語逗得我噗哧一聲笑出來，「哇，想不到林大醫師居然比我還要弱呀。」

林怡津不在意地聳聳肩後說：「反正我只要養活自己就好，不必學習那麼多的技能。」

也是啦，林怡津抱持單身主義，她覺得能照顧好自己就好，至於嫁人及與先生共組家庭，甚至為人婦到為人母這件事情，她則從未思考過。

隨著時間過去，阿敏陸續在門診追蹤，這中間有口福的我們又吃了幾次包子、蛋黃酥。而端午節的應景粽子，阿敏也沒有忘記我們。

某次我對阿敏開玩笑的說，如果她要開店一定通知我，我一定是忠實的熟客天天光顧。然而阿敏只是微笑沒有回應我，應當只把我的話當玩笑了。

時間一天天過去，某天林怡津告訴我一個壞消息。阿敏在昨天夜裡到急診求治，她因呼吸急促從急診入院，從電腦斷層片上發現，阿敏除了肋膜積水外，肺部充斥著大小腫瘤。這次復發來勢洶洶，阿敏哭著要林醫師不要放棄她，無論多貴的藥物她都願意嘗試。

這一年，恰逢免疫藥物上市，發明這項藥物的詹姆斯．艾利森與本庶佑博士，還在二〇一八年因為這個發現拿到著名的諾貝爾醫學獎。來自美國的詹姆斯．艾利森（James P.Allison）和來自日本的本庶佑（Tasuku Honjo），這兩位科學家發現了如何利用人體自身的免疫系統來治療癌症的方法。艾利森和本庶佑兩位學者提出的免疫檢查點療法（Immune checkpoint therapy）徹底改變了癌症治療方法，並為晚期致命的皮膚癌提供治療新方法。而這種免疫療法已經由臨床證明，其治癌效果非常有效。

但是由於此項藥物剛剛上市，健保尚未納入給付範圍，而此藥物的要價不斐，如果依據身高體重計算藥量並投予藥物，一次花費高達十五萬元左右。

阿敏的家境小康，此筆費用過於昂貴，實在無力負擔自費給藥。又因為這項藥物已經上市並已脫離試驗階段，所以目前臨床上也尚無相關研究計畫可以參加。

即便如此，我們也還有其他治療方案可以介紹給阿敏，林怡津就建議她考慮，先取用化學藥物合併標靶治療，試試看對於復發腫瘤是否有療效。

但是她卻對化學治療這件事情，十分抗拒。林怡津一介紹完治療方案後，阿敏卻哭著說不想要打化學治療。我找了時間去跟阿敏聊聊後，她才告訴我其中的緣由。

阿敏手上拿著一疊面紙，表情淒苦地對我說道：「爸爸當初是肺腺癌過世的，在他走之前，因為接受過許多次化學治療，藥物的副作用讓他又吐又拉，那段時間根本一點食物都吃不進去，最後瘦到只剩下皮包骨，離開的時候體重只剩三十五公斤。」阿敏淚流滿面地望著我說：「幫爸爸入殮的時候，因為之前的西裝太大件而撐不起來，他的臉頰凹陷到十分難看。那時候我為此難過了很久，因為爸爸好像變成了另一個人，我幾乎認不出他來。」

接著阿敏便激動地哭了起來。我能體會至親離世，面容卻不似以往所見，那最後的回憶只能停留在不好的記憶點上。

阿敏神情轉為驚懼並緊緊握住我的手後說：「我很怕也會走到跟爸爸一樣的路，我明明這麼漂亮，我不想在離開人世的時候變成皮包骨且臉色灰暗，跟我本來的樣子大相逕庭。」

她哀傷地邊落淚，邊說道：「我的孩子還那麼小，我希望他們長大以後，記憶中的媽媽，停留在陪著他們一起玩耍的漂亮媽媽，而不是一個瘦到不成人形，面容憔悴得像鬼一樣的媽媽。」

想到阿敏如此愛漂亮又注重外表，她必定無法接受，因為接受化學治療變得醜陋不堪的模樣。

但是化學治療藥物百百種，並非所有的藥物都會噁心嘔吐吃不下，進而導致消瘦不成人形。我猜測阿敏的父親應該是因為癌末造成的惡病質，才會使得身上的肌肉與營養都被癌細胞消耗殆盡，而變成皮包骨的狀態。

什麼是癌症惡病質？惡病質是癌症病人體內荷爾蒙、新陳代謝異常，或因食物攝取量減少所產生的結果。這個情況的發生和嚴重程度與腫瘤之類型、部位、大小、範圍及分期不完全相關。癌症病人的食慾不振或體重減輕的症狀多元，通常病人會出現體重減輕、肌肉顯得萎縮、活動力下降、倦怠無力、厭食、易飽感、嗜睡、蒼白、貧血、消瘦憔悴、電解質不平衡、蛋白質與脂質合成下降、血糖不穩等情形。而當病人體重在六個月之內體重下降10％以上並合併上述情況出現，即所謂的「惡病質」，嚴重時甚至演變為極為瘦弱也就是俗稱皮包骨。根據NCI（National Cancer Institute，美國國家癌症研究院）研究，將近約50％的癌症病人會有惡病質的症狀，使得營養狀況非常不良。

我向阿敏仔細解說，關於癌症惡病質的成因以及目前臨床上可以透過營養支持，來協助病人減少惡病質的產生。癌症患者在治療過程中，生理和心理上都面臨極大負擔，營養及代謝狀況和一般人不同，需要補充的營養要更多元化。

我給予相關衛教後，感覺阿敏似乎對於營養攝取方面仍有點小問題，所以我安排了營養師來會診，先評估她的營養狀況，並給予相關營養衛教。

這次癌症復發對她的打擊頗大，都已經開始思考，真到臨終的時刻到來時，她還能保有這番美麗的面容嗎？

我們對於阿敏接受治療後的效果，沒有十足的把握。加上阿敏悲觀看待此次復發，我覺得需要找時間好好鼓勵她。

但我還沒來得及去找阿敏促膝長談，這天下午阿敏媽媽先來到病房。

那時我正在護理站跟病人家屬解釋著後續治療計畫，這時候一陣斷斷續續的哭泣聲響，傳到護理站來。

護理師葉心發現哭聲的來源後，湊到我身邊小小聲地說道：「學姊，是妳的病人在哭。」

我望著葉心以口形無聲問道：誰？

葉心比比前排病房跟著比出五的手勢。

05房，是阿敏。

我點點頭，先與正做著衛教的家屬致歉，表明等等會再去病房找她，然後我趕緊來到05病房門口。

05病房的門是關著，但是站在病房門口就聽見從裡面傳來細碎的哭泣聲，其中還夾雜著對話的聲音。

「媽媽，我真的好想活下去，我不想這麼早去跟爸爸在一起。」阿敏的話語中傳達出對於世界的眷戀與不想這麼早離世。

「阿敏，媽媽知道，妳的苦媽媽都知道。我苦命的女兒呀，妳怎麼可以比媽媽早走！妳還這麼年輕，孩子還那麼小，他們都還需要妳。」阿敏媽媽不捨又帶點怨懟地說道：「妳要是真的就這麼走了，叫國彰怎麼辦？」

我舉起手正想敲門，但是又有點遲疑。本來我這時候進去，是要勸阿敏盡早接受化學治療，說不定還有存活的機會。但化學治療並非她想要的選項之一，眼下是個難以下決定的困境。

這時候，聽見房間裡面傳來阿敏媽媽的一句話：「妳是瘋了嗎？妳不可以這麼做！」

而後阿敏提高了聲線對母親說著，「媽媽，這是一個機會，如果有效我就可以繼續活下去，也許癌症會痊癒也說不定。」

「就算妳想活，也不能做出這麼荒唐的事情。妳把房子拿去貸款，然後把借來的錢拿來打自費的藥物，妳有沒有想過萬一這筆藥用了以後卻沒有效呢？那些都是白花花的錢哪。」阿敏媽媽悲切地說道：「妳得替國彰跟小孩們想想，如果真讓妳順利辦理貸款，以後這筆錢是國彰負責償還。萬一妳不幸走了，國彰不但要還錢，還得拉拔兩個小孩長大，後續的這些事情妳都考慮過了嗎？」

倏地一陣靜默，跟著又聽到阿敏大聲吼道：「我什麼都替別人想，那誰來幫我想。我只是想要活下去而已，我又不是把錢拿去吃喝嫖賭。」

「媽媽，我過得這麼辛苦，哥哥弟弟們也都看在眼裡，可是他們怎麼這樣絕情絕義呢？爸爸走的時候，那些遺產我一毛都沒有分到，但是我從來沒有怨恨過他們。現如今我有困難了，他們卻不聞不問，這就是我的好哥哥跟好弟弟嗎？」
「不許妳這麼說自己的兄弟，他們也有他們的難處。」阿敏媽媽面對子女們之間為了錢財，如此這般的計較與彼此相怨，卡在中間的她又何嘗好過。
「妳也是別人的女兒，妳怎麼可以這麼偏心呢？」阿敏一句話堵得媽媽不知道該怎麼回答她，「爸爸走了以後，妳對我說因為我是嫁出去的女兒，所以不能回家分家產，我聽妳的話，所有的一切都讓給哥哥和弟弟。他們占盡便宜，拿走了房子跟土地還有所有的財產。」
「這些事情我都認了，我只是希望他們在我困難的時候，提供一點金錢上的幫忙，難道我的要求很過分嗎？」阿敏激動地大聲與母親爭執。
唉，手心手背都是肉，一邊是兒子們，另一邊是唯一的女兒。要說心中沒有一絲絲偏袒，那是騙人的。只是，面對阿敏的指控，她也只能默默傷心流淚，無法做出任何辯解。
「我實在沒有辦法可想，才會想要把房子拿去貸款，不然妳去讓哥哥給我一筆錢哪。這筆錢是要救命的，又不是亂花錢。從我生病之後，哥哥跟弟弟都站在一旁冷眼旁觀，不願意對我伸出援手，我又能怎麼辦？」阿敏明白媽媽也是難為，但是如今唯有最下下策可行。
「阿敏……我……」媽媽一聲呼喚，跟著又是陣細碎哭聲。
我想了想，還是別進去病房了，於是就轉身回到護理站。現下這種情況，暫且讓她們母女倆好好發洩一下情緒，我還是先別去打擾她們。
原來阿敏的爸爸走了以後，那些遺產她都沒有分到，而是全部給了大哥與弟弟。而現在她急需要金錢治病，奈何哥哥與弟弟不願對她伸出援手。也正是因為這樣，阿敏才想要把房子拿去貸款。她對母親傾訴著，兄弟如此無情，而面對女兒的控訴，阿敏媽媽也只能淚眼無言以對，畢竟這都是自己的孩子，身為母親的她又能替誰說話。

偏偏阿敏只願意接受昂貴的免疫治療，現下的難題就是缺錢來治病而已。唉，錢呀錢。真的是錢到用時方恨少，什麼問題都沒有，問題就是沒有錢。

林怡津知道這些事情，再三思慮後，她替阿敏想了個方法，就是採取調整化學治療劑量搭配標靶藥物注射。一方面可以減少化學治療的副作用，一方面讓她感覺比較舒適一些。

剛開始阿敏不是很願意接受這個計畫，但是在先生的鼓勵下，她答應先試行一次，至少得與身上的癌細胞正式開戰。若是繼續躊躇不前，只是讓囂張的癌細胞持續壯大下去。

於是在林怡津的安排下，阿敏先行完成了第一次的化學治療。

在她出院後，某日查房林怡津跟我說，她有去問過院內有無相關的免疫藥物研究計畫，可以讓阿敏參加。但事與願違，目前臨床試驗大多集中在腫瘤科，對於婦癌病人暫時沒有類似計畫可以參加。

而林怡津告訴我，回診當日，阿敏在門診診間裡面，哭哭啼啼地哭訴了將近兩個小時。先是抱怨化學治療的副作用，她依舊無法接受噁心與疲憊感。再來就是抱怨家裡的事情，對於兄弟們的絕情絕義，她依舊萬分怨懟。最讓林怡津擔心的是，阿敏開始抱怨腰痠疼痛不適。林怡津又安排了一次電腦斷層，這次在後腹腔發現了一顆新長的復發腫瘤。

於是林怡津安排阿敏入院，這次預計加上局部的放射性治療。

這次入院後阿敏變得陰鬱不多話，大部分時間都躺臥在病床上發呆。有時候會偷偷地流淚哭泣，護理師試著安慰阿敏，但她流完眼淚以後，大都沉默不講話。

葉心跑來跟我說，阿敏似乎有憂鬱的傾向，希望我去看看她。

我忙完手上的事情後，剛走到她的病房，在門口又聽見了激烈的爭吵聲響。這次阿敏正在跟先生吵架。

「我想要活下去，你可以給我一次機會嗎？國彰，我不想死，我還想活著。」阿敏語氣激烈且急促地說著，「就讓我試一次好不好，一次就好。」

「阿敏，我可以讓妳試試看，但這是個無底洞呀。」國彰很想滿足妻子的要求，但是如果開始做免疫治療，大抵就是一直往前走。那麼一次十三萬、兩次二十六萬、三次三十九萬……他們真的有能力可以無止境地，負擔這麼昂貴的藥物嗎？即便把房子拿去抵押貸款，先提供了藥物治療，那麼之後呢？房子是他們最後的老本，非到不必要的時刻，是萬萬不能去動的。

除非……此刻國彰在心中暗自做了決定。

「為什麼你們都要我死！你們都不救我！」阿敏歇斯底里地吼叫著，「我只是想要活下去，我不想要死掉。」

「阿敏，我可以讓妳打藥試試看，好不好？」國彰面對妻子這般想活下去，自己也當不了劊子手，「我先把我手邊的股票賣了，那筆錢可以讓妳打三次的藥。」

阿敏淚眼汪汪地望著國彰又問：「那之後呢？」

國彰輕嘆口氣後說：「以後的事情以後再說吧。」

阿敏與國彰緊緊相擁在一起，這是愛她的老公，願意為她傾盡所有，只為了完成她想要活下去的心願。

這是真愛吧，我覺得眼角有點溼潤，最後依舊轉身離開，畢竟這種時刻不適合像我這種局外人去打擾。

等候午餐時刻之前，我猜測國彰應該到樓下買午飯。這時候，我才進入阿敏的病房，趁機跟她聊聊。

「阿敏……」我走到病床邊坐了下來，跟著柔聲問道：「妳還好嗎？」

阿敏見到我隨即激動地搖搖頭，跟著落下淚並哭訴：「我覺得自己好自私。」

我輕輕攬著她入懷，任她淚水潰堤傾訴：「我只是想要再多活幾年，為什麼就這麼困難呢？我好愛我的先生跟孩子們，我只希望還能多一點時間好好陪伴他們，可是……可是我好像已經做不到了……」

「為什麼妳覺得妳做不到？」

阿敏淚眼相對地望著我，「我覺得體力一天天變差，身體越來越痛也越來越吃不下，還有我的腿……」她低頭把被子掀開，我一眼就看出，她的下肢已經開始水腫，這實在不是個好徵兆。

阿敏拉住我的手祈求著說道：「我真的不想死，我好想活下去呀。」

我攬住她的肩膀後說著：「阿敏，我明白妳的心情，也明白妳想要多陪陪家人，那麼妳應該好好把握現在這一刻。」

阿敏不解地望著我。

我以堅定的口吻告訴她，「老天爺給予每個人的生命有多長，沒有人知道答案。所以我們能夠做的就是把握每一天、每一刻、每一秒。」

阿敏搖搖頭後說：「可是我很貪心，我希望可以繼續活下去，而且可以很久很久，久到我可以看到孩子長大、久到我可以看到國彰跟我一起變老，久到我能看到孩子結婚……」她突然悲從中來哭著說著：「可是現在這一切都已經是不可能的事了。」

「或許我不應該那麼貪心，我只求老天爺每天多給我一個小時的時間，那麼我就沒有遺憾了。」

每天多一個小時，也就說一天有二十五小時？如果阿敏能夠多出這一個小時，那麼她想要做些什麼呢？

我好奇地問她：「如果可以每天多一個小時，那麼妳想要做些什麼？」

「陪陪孩子，跟他們多相處一下，唸故事書給他們聽，跟他們一起玩。我希望能在他們的記憶中，留下我美好的形象。」提到孩子，阿敏的情緒便能稍微穩定許多。

其實她想要做的事情並不困難，那麼我能夠幫上她一點什麼忙嗎？

我想起阿敏的手機中有許之前與小孩出遊的合照，恰好我有台手機拍立得相片印表機，於是隔天我把那台印表機跟相紙帶到單位來。

我把機器借給阿敏，並且提供了一本空白的相片書，讓她可以把珍貴的照片列印出來後，在旁邊寫上幾句話。齊雲知道我的計畫後，也跑去買了一堆卡片，讓阿敏可以在每年幾個特定的時刻，留下卡片給孩子與先生。希望她藉由製作相片書及卡片的過程中，回顧這些與家人們共處的愉快時光，並寫下對孩子們與先生的期盼與想念。終於阿敏的情緒穩定許多，此時她主動詢問關於安寧療護與安寧病房等相關事宜。

隔天，我找來了共照師楊佳齡，把阿敏的情況大抵上跟她敘述後，楊佳齡向阿敏介紹了什麼是安寧療護以及安寧病房等相關事宜。同時，楊佳齡協助阿敏回顧四道人生。

這次會談大約花了兩小時的時間，等楊佳齡走後，我預備去看看阿敏是否需要協助，剛要走入病室便聽見她咆嘯的聲音。

「你們這些狼心狗肺的東西，還有沒有心肝啊！我是你的親妹妹，在我最需要錢的時候你卻悶不吭聲。我真是後悔，當年應該把屬於我的那一份遺產拿走，而不是留給你們去支撐公司。到如今我得到了什麼！我需要錢來救命，你們都不願意伸出援手。眼睜睜地看我去死，是嗎？」

聽這內容，阿敏正在跟哥哥激烈爭吵著。我還在猶豫該怎麼辦的時候，只聽見她繼續大聲狂罵。

「既然你們不願意幫我，那就算了。你們這麼自私，以後要記得緊緊抱著那些遺產，等我死了以後，到了地下見到爸爸，我一定要告訴爸爸，你們兩個對待親生姊妹，竟是這樣無情無義。」

阿敏掛上電話後隨即放聲大哭，似乎在宣洩著這段時間以來，心中所承受的壓力與苦痛。她心裡對於兄弟必是十分怨恨，恨他們這般自私自利，對她缺錢治病一事這般置若罔聞。

我輕輕拉開床簾走了進去，阿敏見到我走過去便緊緊抱住了我，跟著在我懷裡嚎啕大哭。

我輕輕拍撫她的背部，安撫著她，或許向哥哥宣洩自己的不悅，也能幫助她抒發壓力。

「阿敏，跟哥哥通過電話以後，對他說出心裡的不爽，心情有沒有好一點？」

阿敏輕輕點點頭跟著擦擦面上的淚水，「我想過了，反正他們兄弟倆是不會給我半毛錢，與其我在這邊氣得要死，不如就看開想開些。但是我實在很不爽，所以在放下之前，一定要罵罵他們，解解氣才行。」

「這樣心裡面有舒坦一些了嗎？」

阿敏點點頭後輕輕嘆口氣說：「其實我也知道，即便我用了免疫藥物，也大概只有三分之一的機會可以好轉，但我就是想要試試看。」說到激動處只見她情緒又轉為悲傷，「我真的想要活下去。」

我輕撫著她的背部後說：「我懂，這些事我都知道。」

阿敏的睫毛上閃爍著淚光，「我真的好希望可以陪著孩子長大，我覺得老天爺太殘忍了。」

「或許妳只是轉換成另一種形式，陪伴妳的孩子。」我望著阿敏後說，「妳相信靈魂嗎？」

「靈魂？」

我點點頭後繼續說道：「佛家相信人死後會轉換成靈魂的方式存在，而靈魂會存於另類空間。如果妳相信，那麼妳只是轉變為另一種形式，陪伴妳的孩子成長。而未來，妳也能夠在另類空間，再度與他們重逢。妳只是比較早去到那個所在，等候著他們，最終你們還是會在一起。」

我的話讓阿敏稍稍冷靜一些，我輕撫著她的背繼續說道：「佳齡共照師引領妳進行四道人生，就是希望妳透過道謝、道愛、道歉而後道別，來回顧妳的一生，希望藉此讓妳心無罣礙走過人生最後一段路程。」

阿敏點點頭跟著說：「我知道妳們都很好，都希望我放下仇恨，可是我真的做不到。」

「我們也沒有叫妳馬上放下，像妳剛剛把心中的不平與不滿告訴哥哥，我覺得很好呀。這種發洩紓壓也是一種回顧人生的方式之一。眼下妳依舊無法放下對哥哥的恨，但是妳願意正視這件事情，就是一件好事。」

我望著一旁的相片書，指著它說道：「別忘了妳有一雙可愛的兒女，還有愛妳的先生。」

阿敏拿起相片書後緊緊擁在懷中，淚水悄然滑落。

我拿起一旁的面紙替她拭去面上的淚珠，跟著鼓勵她：「妳有跟先生討論過這些事情嗎？」

阿敏搖頭跟著又恐懼地說道：「我好怕死掉。在要走掉之前，會不會很痛？我會不會變得很醜？」

「妳希望最後一程可以走得平安，走得灑脫些嗎？」

阿敏點點頭。

「那妳有想過在人生旅途的最後一程，不要再被電擊插管，或是給強心藥物之類的嗎？」

我望著她跟著解釋DNR。

DNR，全名為Do-Not-Resuscitate（不施行心肺復甦術），其內涵為：當病人罹患嚴重傷病，經醫師診斷認為不可治癒，而且病程進展至死亡已屬不可避免時，病人或家屬同意在臨終或無生命徵象時，不施行心肺復甦術（包括氣管內插管、體外心臟按壓、急救藥物注射、心臟電擊、心臟人工調頻、人工呼吸或其他救治行為）。

當病人在面臨疾病到達末期，已是無法救治的狀態之時，我會跟病人及家屬介紹DNR相關的概念，畢竟再多使用藥物來支撐生命，也只是徒增痛苦。

阿敏聽完我的介紹以後，感覺她有點猶豫，我絕對相信以她目前的心情與期盼，她是多麼希望可以多活些時日，卻又怕這段時間會活得不像人樣。而我介紹完DNR後，先給了她一份意願書，並且鼓勵她再想想看，不一定要馬上簽署，而且簽下不施行心肺復甦術意願書之後，並不會影響後續的治療。阿敏並沒有馬上簽下，就是因為她依舊期望可以能再多一點時間，能再多陪陪兒女。

在我跟阿敏談話後，她的情況逐漸變差，先是覺得呼吸不暢，後來給氧後依舊不適。沒多久的時間就開始喘了起來，而氧氣治療已經使用到NRB（non-rebreather mask，非再吸入氧氣面罩），此面罩可供濃度85到100％氧氣。已是非侵入性給氧的最終一步，如果阿敏的血氧狀態持續變糟，下一步是正壓呼吸器然後就是插管了。

她的臉上戴著氧氣面罩，但是呼吸速率依舊呈現淺快，因為血氧濃度約莫在87到92%，只要移動身體就會更喘，所以她大多數時間都臥床休息。

這天晚上，先生把一雙兒女帶到病房來，阿敏在病床上左右環抱子女，面上充滿不捨的淚水。

國彰看著妻子，心裡很難受，他知道阿敏為了自費免疫藥物的事情，已然與娘家兄弟們鬧翻，在這部分他真的很想使上點力。

於是國彰開口對她說道：「阿敏，我已經把股票賣出去了，如果妳想自費打藥的話……」

只見阿敏搖搖頭後對國彰說：「把錢留著，這一切都留給你們。不要在我身上浪費錢了。」

國彰突感一陣心酸，他紅著眼眶說：「可是妳……妳不是一直希望可以再活下去？再多活一點時間嗎？」

阿敏失落地搖搖頭跟著說：「國彰，我可能沒剩多少時間可以活了，你以後要好好照顧我們的孩子。」

國彰難過地哭了起來，阿敏又安慰他道：「我只是先去天上等你們，我會繼續在上面照看著你們。」

不懂世事的女兒睜著大眼睛望著阿敏問：「媽媽，妳要去哪裡？」

女兒的話語讓阿敏與國彰不知道該怎麼回答，她只得跟女兒這麼交代。

「媽媽要去很遠的地方旅行了，可能要很久以後才會回來。妳是姊姊，要幫媽媽照顧好弟弟。」阿敏邊說邊掉淚，「答應媽媽，好不好？」

女兒似懂非懂地點點頭，跟著又問：「那我們不能跟妳一起去嗎？」

阿敏搖搖頭後說：「那地方太遠了，媽媽要先去那裡看一看。妳要乖乖的，不要讓爸爸媽媽擔心，知道嗎？」

國彰在一旁早已泣不成聲，阿敏在病床上懷抱兒女亦淚流滿面。或許她對於自己離去的時間已心中有數，所以才會選在這時候與兒女親口道別。

因為小孩們不適合留在醫院過夜，所以國彰帶著兒女回家委託父母協助照顧。此時，阿敏選在國彰暫時離開這個短暫的時刻，孤單地於病房中平靜地離去，走完她短短的一生。

夜班護理師發現阿敏已經沒了呼吸心跳，一旁的桌上放著阿敏已經寫好的ＤＮＲ意願書，所以值班醫師並未執行急救流程。

我們每個人，一天都只有二十四小時，隨著時間一分一秒過去，我們是放肆地虛擲光陰？還是緊緊地把握住每一刻呢？或許我們都應該珍惜每一秒鐘，愛護我們的家人朋友，因為我們並不知道，無常與意外何時突然降臨，所以珍惜當下，是我們都應該要深思的課題。而阿敏化作另一種存在方式，持續守護著一雙兒女。相信未來在兒女的成長階段，雖然沒有母親在旁陪伴，但是他們記憶中的母親，依舊是那個陪著他們唸故事，一起玩樂的漂亮媽媽。

第九章　有生之年

沒人可以探知自身的生命長短，日日過得悠哉恢意，何時會去想或許盡頭近在眼前？有時候命運就這般折磨人，會在妳最幸福或是最順當的時候，突然倒打一耙。

病人海倫第一次到醫院求診時，正值二八年華且風華正盛，那時陪她一起來醫院的是未婚夫偉豪。

腹痛、腹脹，主治醫師先行以超音波檢查過後，發現單側卵巢腫瘤而且血液循環豐富。當下便大喊不妙，因為惡性的機率非常高。接續的電腦斷層檢查、葡萄糖正子攝影檢查過後，更增加為惡性腫瘤的可能。

主治醫師提出幾項治療方案，手術摘除患側卵巢是必然要做的，但是手術的範圍是否要依照標準，進行全部廓清摘除呢？如若全部摘除，不光是患側卵巢，另一側卵巢、子宮還有輸卵管等器官通通都得摘除。

未待主治醫師解釋完畢，海倫立刻插話表明立場。

「醫師，我剛剛訂婚沒多久，三個月後就要完婚。手術一定得要馬上決定嗎？」

主治醫師表情嚴肅，「我希望妳能正視這個問題，既然高度懷疑是惡性腫瘤，便不能等閒視之。」

海倫的面容瞬間染上一層愁色，婚姻乃人生大事，不得兒戲。然而此刻，硬生生擋在眼前的卻是生死交關之事。

未婚夫偉豪亦心急如焚，「醫師，那最快能什麼時候手術？」

主治醫師望向偉豪，「你們已經商量好，決定要手術了嗎？」

海倫立即打斷接續的討論，「不，手術前我要先凍卵。我不要馬上接受手術。」

「凍卵？」主治醫師明白對海倫來說，這個消息太過震撼突然，況且她本來應該開開心心預備婚禮事項，現在卻一夕間豬羊變色。

海倫像是抓住最後一絲希望看著主治醫師，「如若我真的不幸是癌症，必須得摘除子宮卵巢等器官，至少我提前凍卵，留下一線生機。」

主治醫師明白海倫於現階段的情況，並不適合凍卵，但是看著她殷殷期盼的眼神，也不忍潑她冷水。

「這樣吧，我把妳轉介到生殖中心，讓不孕症專科醫師仔細跟妳說明。」主治醫師讓她保有一線生機，「另外，我幫妳約一週後回診，希望到時候便能把手術的事情決定好。請妳一定要來，因為妳的腫瘤非常巨大，已經超過二十公分，或許腫瘤會無預警地破裂，到時候會變成急症必須接受緊急手術。」

海倫與未婚夫離開診間後，護理師好奇地問主治醫師，「病人的卵巢腫瘤這麼大，還有機會凍卵嗎？」

「自然有不孕症醫師替病人仔細計劃。」主治醫師嘆了口氣，「凍卵得先打促排卵針劑，即便現在科技進步，但是最簡單的療程，也需要兩週到一個月的時間。但現在她正在跟時間賽跑，先別說一個月後卵巢腫瘤會有什麼變化。促進排卵那些針劑，是否也會影響卵巢腫瘤而產生變化呢？這些都是必須考慮的因素。」他邊打著鍵盤邊說：「這一切都只能看她自己了。」

而海倫猶如消失在廣闊大海裡的一抹浪花，不但自行取消一週後的回診，連不孕症門診也沒有到診接受諮詢。

那時主治醫師也曾請門診護理師打電話聯絡她，獲得的答案是海倫已經自行到外面的以治療不孕症出名的婦產科診所求治，正在評估凍卵可行性。

主治醫師殷殷告誡，此刻先以治療腫瘤為先，但海倫似乎有特殊考量，並未採納建議。這是海倫的選擇，我們即便擔憂也只能尊重。

日子過得很快，距離第一次看診後即將滿兩個月前，某天夜裡海倫因突發急性腹痛被送到急診。經由會診婦產科後，發現海倫的卵巢腫瘤破裂並引發了腹內大出血。當日的值班主治醫師是林怡津，她接獲電話後趕到醫院，向海倫及家人解釋後安排緊急手術。

手術中發現卵巢腫瘤破裂，腫瘤的內容物都已散布在腹腔內，而腫瘤看起來和惡性十分相像，同時大腸網膜與腹壁上散布著大小不一的突出病灶。緊急送了病理冷凍切片後，確認為惡性腫瘤。問題來了，該進行全廓清手術，摘除子宮及雙側卵巢輸卵管？還是保留生育力？

林怡津在手術室外向海倫的雙親解釋目前的發現及情況。

「如果以癌症分期來說，海倫至少已是第三期。手術後必須接受六次的化學治療，避免復發。」林怡津語重心長地望著海倫父母親，「當然，最終的分期還要等病理報告才能確定。另外我建議現階段來說，以保命為主，至於生育力的部分，如果強行留下子宮與另一側卵巢，未來復發的機率非常高。」

面對這個結果，海倫的母親當下泣不成聲無法說話。而父親則是面色沉重，然後他轉頭望著偉豪。

「我看現在這樣已經沒什麼好考慮的，你跟海倫只是訂婚而已，我看就解除婚約吧。」

偉豪沒料到海倫的父親會這樣說，當下呆楞住。

海倫父親望著林怡津慎重地說：「面對女兒的情況，作為父親唯一的期待，便是她可以好好地活下去。林醫師，所有的責任我來扛，請妳以生命為優先。不要考慮生育力那些事情。」

林怡津尚未開口，海倫母親立刻出言阻止。

「可是，海倫一直希望能生育孩子。」海倫母親淚眼相對，她拉著丈夫的衣角，「她一直在尋找不孕症診所，就是希望找到願意幫她凍卵的醫師。」

原來這段時間，海倫都忙著尋找願意幫忙凍卵的診所，這讓林怡津搖搖頭後說道：「海倫的腫瘤超過二十公分，我想當初另一位婦產科醫師也提醒過她，如果繼續拖下去或許會遇上無法預料的情況。」

偉豪點點頭後說：「當時，主治醫師有提醒過我們，但是海倫似乎聽不進去，她一心一意想要凍卵，所以不願意接受其他的建議。」

「真是糊塗呀。」海倫父親慍怒地望著偉豪，「這時候你不是應該要幫忙勸她，怎麼任由她做出這麼多糊塗事。」

「不能怪偉豪，海倫這孩子的個性就是這般固執，你不要責備偉豪。」海倫母親急忙幫著辯解。

「不怪他那要怪誰！」海倫父親火氣爆發地望著妻子，「眼看女兒的命都要丟掉了，這種人還能依靠終生嗎！」

偉豪不敢回話，說到底事情變成這樣，他真的需要擔負起一部分責任。

海倫父親下定決心望著林怡津，「林醫師，這件事情由我決定，現階段必須以孩子的生命為優先，只要能活下來，比什麼都重要。」

此時一旁的護理師把手術同意書遞交給林怡津，她把手術內容仔細向海倫父母親及偉豪解釋清楚，因為術中的發現必須更改手術方式以及後續可能接受的治療等等。

海倫父親接過手術同意書後，突然眼眶一紅。他明白這份同意書簽下去以後，便是澈底斬斷海倫想要生育的念想，但是眼前的情況，逼著他不得不做出這番重大決定。

海倫父親顫抖著手緩慢地簽下名字，然後忍住淚水對著林怡津深深一鞠躬。

「林醫師，一切都拜託妳了。」

林怡津接回手術同意書，同時接下這份沉重的責任。手術同意書這般輕薄，其中卻蘊含許多意義。不光是海倫父親親手簽屬同意書而斷絕女兒生育力的無奈，還有接手治療海倫疾病的沉重責任。

林怡津返回手術室中，接著後續的手術，此刻牆壁上的時鐘指著凌晨兩點，婦癌全廓清手術完成後已是清晨五點鐘。完成手術後的海倫被送入婦癌科病房觀察，而接下來又會發生什麼事情呢？

海倫入住病房的當日，我一上班便發現病人名單中出現這個陌生的名字，仔細看過門急診紀錄後，大概明白整個事件的來龍去脈。

卵巢腫瘤、保留生育力、凍卵、腫瘤破裂出血、腹壁上都是大小不一的病灶、癌症治療並以保留生命為優先。

幾個詞彙在我腦海中反覆盤旋，的確對於未滿三十歲的年輕女性而言，面對這般棘手的情況，要不要保留生育力？還是以救命為優先？這一題並沒有標準答案，而是必須依照每個人的個別情況來決定。

而吸引我目光的還有護理師的交接班內容裡，最上方的一句話：「病人父母要求暫時不要讓病人知道手術內容，只能告知她手術內容為腫瘤切除而已。」

以前我遇過家屬要求不要讓病人知曉病情的要求，不外乎擔憂病人無法接受得了癌症，而喪失求生意志。但是像這種情況，我還真是第一次遇上。

莫非其中有什麼隱情嗎？

因為當時我並不知道手術室外發生的事情，所以滿頭問號。不過既然家屬有這番要求，必定有其苦衷。算了，暫時配合一下。等林怡津來查房的時候，再問清楚其中緣由吧。

這天下午林怡津睡眼惺忪地出現在病房，等她提起昨夜的事情後，我才明白箇中緣由。

「所以病人不知道子宮那些器官都已經被摘除了？」我驚訝地望著她。

林怡津點點頭，「卵巢腫瘤破裂，腹壁上充斥著大小不一的突出病灶，而且冷凍切片結果是惡性，妳覺得還能保留嗎？」

我想了想，似乎完全摘除的優點勝於保留。

「可是病人還沒有三十歲，這樣子……」

「如果強行保留下來，妳覺得她還有命能夠生孩子嗎？」林怡津轉頭望著我，「而且復發的機會很大，卵巢癌一旦復發便是沒完沒了。」

的確，卵巢癌非常頑強，如果第一次治療沒有一舉打趴它，一旦復發便是無止境的重複復發，而且間隔時間會越來越短。現今醫學界認為，完成第一階段的治療後，必須阻止復發的發生，所以維持期的治療便十分重要。目前健保有條件地給付口服標靶藥物，就是為了讓卵巢癌病人延緩復發。

我指著螢幕上的那句話詢問林怡津，「只是我們能隱瞞多久？終究得要讓當事人知道吧。」

「暫時別說吧。」林怡津明白我的擔憂，「這是病人父母的請求，我有告訴他們即便隱瞞也無法騙一輩子，始終得讓病人知道。但是昨夜的情況緊急，病人父親做出艱難的決定，以救治女兒性命為首要，他也明白女兒想生孩子的渴望，但是命運之神無情的作弄，只能被迫放棄。」

是呀，有時候我們面對許多難解習題，卻又必須立刻下決定做出割捨，誰優誰劣並沒有標準答案。但命運的當口，沒有時間讓你猶豫不決，或許你會說父親不對，應該等女兒清醒後自己做決定。但手術正在進行中，真能關上肚子，等女兒決定後，擇日再另行手術嗎？

醫療不似其他事件般，可以等候下一次再決定，有時候必須當下就做出決定。因為拖延不決只會讓病情拖沓，甚至演變為無法收拾的局面。

我覺得海倫父親非常勇敢，願意承擔起一切責任，也是因為愛，讓他決定以搶救女兒的生命為主。相形之下，剩下的事情便不再那般重要。

接下來的日子，沒有人主動提起手術的事情，當然海倫醒來後便著急地追問。但是所有的人口徑一致，「妳的腫瘤拿掉了，就只有腫瘤拿掉而已。」這只是權宜之策，畢竟終歸會有必須掀開底牌的那天。

只是由誰來開第一槍，據實以告？

此時此刻，我自然躲得遠遠的，畢竟我只是個小小的專科護理師，揭開底牌這番重責大任，當然不會落到我的身上。而林怡津則是伺機而動，畢竟下達這道密令的是海倫的父母親，沒有他們的授意，沒有人敢輕舉妄動。只是，事情永遠不會照著計畫走，永遠都會有意外發生。

那是海倫手術後的第四天，前天晚上她便感到陣陣悶熱感，並且不時冒著汗水。本以為是發燒，護理師測過體溫，都是正常。

因為症狀十分奇特，海倫以手機查詢後，發現一連串的症狀，均與更年期症狀有所關連。盜汗、熱潮紅是最典型的症狀，但是她怎麼會這麼快就更年期呢？

詢問過護理師，他們說會反應給主治醫師知道，只要確認不是感染發燒便好。但海倫起了疑心，她摸著肚腹上的傷口，害怕莫非手術內容並非他人口中那般簡單？

隔天海倫母親到病房後，海倫著急地追問。她問母親是否對於手術內容有所隱瞞？母親經不住海倫連番追問，又聽到她前天夜裡發生的盜汗與熱潮紅後，突然一陣悲戚來襲，接著便哭了起來。

海倫見母親哭泣更是慌了心神，「媽媽，妳不要騙我。是不是手術範圍大很多？並不是只有拿掉腫瘤而已？」

海倫母親不知道該怎麼回答，淚眼汪汪地望著女兒說：「我們是要救妳的命，海倫，爸爸媽媽愛妳，我們不能失去妳。」

這番話語讓海倫更加不安，「所以呢？你們背著我做了什麼決定？你們讓醫師對我做了什麼？幾天前的手術到底拿掉了什麼東西？」

海倫母親張口欲語卻說不出口。

「媽媽，你們怎麼可以這樣！你們到底把我的什麼器官拿掉了？」海倫突然被點醒，「我的卵巢！你們讓醫師拿掉我的卵巢了？」

海倫媽媽緊握住她的手，「海倫，妳聽媽媽解釋，不是這樣。」

「不是這樣是怎麼樣，妳告訴我真相呀。」母親的態度讓海倫心急又害怕，擔憂最終答案會是她無法接受的那一個。

海倫媽媽不知道該如何開口告訴女兒，她的子宮、卵巢與輸卵管都已經摘除，未來沒有機會生育。她望著海倫欲言又止，越是這樣卻越讓海倫心急如焚。

「好，妳不告訴我真相，那我去問主治醫師。」海倫掀開被子預備下床，「我是病人，我有知道的權利，你們不能這樣誆騙我。」

海倫母親拉住她的手急切地說：「海倫，別這樣。」

「那就告訴我真相。」面對母親遮遮掩掩的態度，讓海倫突然體悟到什麼，「是我無法接受的那種？你們讓醫師把我的子宮跟卵巢都拿掉了？」

海倫母親悲切地望著女兒，張口想說話卻說不出聲，答案已經呼之欲出。

「你們怎麼可以這樣？怎麼可以幫我做這種決定？」海倫情緒崩潰地大吼著：「那是我的子宮！我的卵巢！你們怎麼可以自作主張，讓醫師幫我拿掉。」

海倫母親淚流不停地說：「海倫，那天晚上我們別無選擇，醫師緊急手術下，發現妳的卵巢腫瘤已經破裂，裡面的液體與腫瘤細胞都流到腹腔裡，而且腹壁上面都是擴散出去的腫瘤，當時冷凍切片的結果是癌症，如果沒有立刻做出決定，對妳只有壞處沒有好處。」

「好處？」海倫面對這個結果，自然無法接受。

「真的是好處嗎？」海倫哭了起來，「我沒辦法生孩子，這輩子我永遠都沒辦法懷孕生孩子。」

海倫母親緊緊抱住女兒，「海倫，即使沒辦法生孩子，至少妳的命還留著。」

「那我要這條命做什麼？」海倫氣惱憤恨地說道：「如果是這樣，我不如死了還比較乾脆。」

「海倫，妳說什麼傻話。」海倫母親喝斥她，「爸爸媽媽都還在，妳怎麼可以放棄活下去呢？」

得知真相後讓海倫徹底被擊垮，她心心念念想要凍卵，保留一線生機。但此刻卻什麼都沒了，從此也沒了指望。

海倫望著母親，「所以，我什麼都沒有了？沒有子宮？沒有卵巢？以後也不是個完整的女人了。」

母親緊緊抱住她，「妳還有我，妳還有我們呀，海倫。」

海倫倏地放聲大哭，罹患惡疾的她，為求生存只能把所有的生殖器官摘除。本來還想爭取時間，保留些許希望，無奈命運之神卻不給予她最後一線機會。

對海倫來說，做出此番重大決定的是父母，追究其根本，他們是愛女心切。所以不想女兒用生命去拚搏，也不願海倫陷入一絲絲危險。

母女倆冷靜好好談話後，海倫只能接受現今的局面，而同時她也對母親提出，想和偉豪解除婚事。

畢竟罹患癌症後續還有許多變數，倘若能治好疾病是萬幸，如若不能，也不好耽誤偉豪的未來。即便感情深厚，但是海倫明白，她不能以一紙虛無飄渺的婚約來綁住偉豪。

海倫母親明白，畢竟生病的是女兒，而且即便未來真的有幸痊癒，但已然無法懷孕生子。對於大家來說，依舊有著傳宗接代的沉重壓力。如果趁此時，與偉豪分道揚鑣，未嘗不是件好事。只是，偉豪卻不想放手，他覺得有沒有孩子都沒有關係。重點是海倫好好地活下來，這比什麼都重要。

偉豪與海倫在病房裡談話，本來場面平和，但是兩人的對話內容卻越來越火爆。

海倫執意要分開，並且表明會退回所有的訂婚禮品與婚戒。偉豪不接受她單方面的退婚。

「海倫，我愛的是妳的人，不是妳的子宮。為什麼因為妳生不出小孩，就要跟我分開。」偉豪不解地望著她，「現在有很多人婚後都沒有孩子，我們也可以不要孩子。」

「我知道你很喜歡小孩。」認識這麼多年，海倫非常了解偉豪。「我不能因為我的病，然後……」

「我可以不要孩子。」偉豪握住她的手，「海倫，我只要妳。我們不要分開，好不好？我們的婚禮可以等到妳治療完成以後再補辦，妳不要跟我分手，好不好？」

「偉豪，我得的是癌症，不是小感冒。」海倫要他正視這項事實，「如果運氣差一點，說不定很快就會死掉。」

「現在醫學這麼進步，不會像妳想的那樣。」這段時間偉豪查了許多資料，也明白只要好好配合醫師治療，卵巢癌是有機會治癒。

「偉豪，不要浪費時間在我身上，說不定我很快就走了。」

「即使妳要走，我也希望接下來的時間裡，有我陪在妳身邊。」偉豪渴求著，「我只求能陪妳一起度過。」

「度過我的餘生嗎？」海倫嗚咽地哭泣道：「或許我的餘生已經很短，已經不多了。」

「沒關係，無論長短。我都要陪著妳。」偉豪緊緊抱住她，「妳的有生之年就讓我陪著妳吧，海倫。」

海倫自然明白，這段感情豈能說放手就放，但是拖著偉豪不放，是對的嗎？偉豪讓她冷靜好好想想。而我從護理師那裡知道了整段故事，深深感到遺憾。

或許對海倫來說，因為不想拖累偉豪，更希望他早點離開，另尋他人開啟另一段感情。

那天下午，我去探望海倫，先關心盜汗與熱潮紅的事情，同時告訴海倫，因為婦科癌症比較特別，所以暫時不會給予補充荷爾蒙改善症狀。

這時候，海倫母親詢問我臨床工作這麼多年，是否遇過跟海倫一樣這麼年輕罹癌，被迫摘除子宮與卵巢的病人。

「自然是有的。」我望著海倫，「以前照顧過幾位年輕的病人，她們也跟海倫一樣，曾經徬徨過。面對應該以存活為重要？還是保留生育力為首要？」

「那他們也跟我一樣，落得這輩子不能生孩子的下場嗎？」海倫望向我的目光充滿絕望，「其實我想了很多，如果有生之年只能這樣，或許是我的命吧。」

看著她喪志的模樣，讓我很不捨。這時候，我想起前天發生的事情，心想不如跟海倫分享，讓她轉轉心念吧。

「海倫，妳一定聽過這個笑話：熊貓的生日願望是希望有天能拍張彩色照片，但是他似乎永遠都辦不到。」我望著她懇切地說：「我以前會把這個當成笑話，直到前天我上班的時候發生了一件事情，同時改變了我的想法。」

海倫不解地望著我，「什麼事？」

「當時我開著車正預備上高速公路，在交流道的閘道口發現有隻烏龜正往高速公路上爬行。當下我嚇壞了，又怕不小心輾過他，於是放慢速度向左邊偏移一點點。後來我從後照鏡發現，後面的車子也都跟我一樣向左偏移，禮讓烏龜前進。」

「烏龜想爬上高速公路？」海倫懷疑地望著我。

「是呀，雖然後來我沒時間再轉回去看看，那隻烏龜是否安好。但是一路上，我不斷思考著，烏龜跑到高速公路來幹嘛？他的速度那麼慢，而且弄不好就被車子輾壓過去，一命嗚呼。

烏龜的心裡到底在想什麼？」我望著海倫真切地說：「或許烏龜認為，在有生之年一定要到高速公路上走一走、看一看，因為這是他一輩子都未曾看過的風景。」

海倫點點頭認同我的觀點，「烏龜居然這麼勇敢。」

「是呀，雖然烏龜的爬行速度從來都不夠快，但是他依舊願意接受挑戰。」我望著她提問：「那妳呢？」

「我？」

「即使知道永遠無法拍彩色照片，熊貓依舊開心地活著度過每一天。即使知道宿命註定這輩子無論如何都爬得很慢，烏龜卻依然勇敢地邁步往高速公路前進。」我對海倫說出心底話，「或許妳曾經怨懟過老天爺，覺得他為什麼要在這時候讓妳被診斷出癌症，但是這不是絕境，而是一個挑戰。」

「我……」海倫低落地說：「我不敢奢望還能活得很久，但是我很怕會耽誤偉豪。」

「會擔心這些就代表妳還是很愛他吧。」我不由得戳破謎底，「我有時候覺得人真的是很奇妙的生物，擔心這個又擔心那個，綁手綁腳把自己束縛起來。」望著海倫我說出真心話，「烏龜那麼勇敢，敢於挑戰自我，妳還在擔心害怕些什麼？」

「我……」

「我可能比較雞婆一點，跟妳說的這些話也超過工作範圍，不過我只是真心想和妳分享烏龜的事情，可別以為這些事情我是瞎扯淡來唬爛妳。」我真切地望著她，「妳跟未婚夫之間的決定是什麼，其實根本不關我的事情。我只是覺得，不要輕易放棄好嗎？無論是治療還是人生，都應該好好把握。」

烏龜想爬上高速公路看看風景，或許這是他在有生之年唯一心願，只因為他的速度從來都不快。而偉豪知道未婚妻海倫罹患惡疾，為求生存只能把所有的生殖器官摘除，面對海倫淚眼相求解除婚約，偉豪只求餘生相伴。海倫表明她的餘生已然不多，但偉豪只求有生之年就已足以。

海倫有錯嗎？或者是偉豪錯了？

兩個人都沒有錯，他們只是互相為對方設想，而委屈了自個兒。

屬於他們的故事依舊隨著時光輪轉，而繼續向前而行，無論最終決定為何，但願他們把握時間，不要留下遺憾。

那麼對你來說，有生之年該把握什麼呢？

想去爬一次喜馬拉雅山的聖母峰？但是擔心太高又太遠，或許爬一下臺灣最高峰玉山就好。想要高空跳傘，當一次小鳥體驗飛行的感覺？心臟可能受不了，還是坐坐大怒神就好。

無論是什麼，我們都應該像烏龜一樣勇敢，不怯懦於面對挑戰。人生的風景若是日日相同，除非你能有更新的體認，否則便成為例行公事。

你的心底也住著一隻不安於室的烏龜嗎？何不立刻起身出發？放手去追尋一次？說不定會有不一樣的感覺，不一樣的收穫喔。

尾聲

個人很喜歡佛理的啟發：「人的一生之中，有許多有緣人在渡化你。」

我常對病人說，若不是緣分使然，全臺灣有這麼多間醫院，你為何會選擇到我們醫院治病？那麼多醫師裡，又為何會選擇林怡津醫師？若不是緣分到了，我們又怎麼會相遇？

而所謂的「渡」，並非是佛經中的渡化，或許僅是簡單的相遇與陪伴，也有可能是相看兩相厭的怨念與仇恨。一生中無論你遇見誰，這都是生命裡最奇妙的緣分，而相處過程中互相碰撞後，從中學會許多道理與反思過往的缺憾。

病人因為身體病痛來到醫院。面對病人身上的疾患，我們抽絲剝繭運用所學找出造成疾病的根本原因。病人是我們醫學上的老師，也是千金難換的師者。而病人因為疾病過程中的心靈困頓、人生計畫受阻等種種因素，激發我們重新體會人生，並珍惜當下與所有，他們由此也成為我們的心靈老師。而每個人都可以是我們的老師。因為我們並不完美，透過相互支持下補足了彼此缺憾的部分。

希望藉由這些病人的故事與體認，也讓你對人生有不同的看法與想法，並重新調整步伐，積極面對未來的日子，並迎接更多挑戰。

人生呀人生，每日都有一連串的考驗不斷接續上場，希望每個人都能坦然且從容面對。期盼你生命中的每一天，都沒有感嘆與遺憾，留在生命裡的只有美好的回憶，以及締結的每段善緣。

釀生活50　PE0227

我的病人是老師

作　　者	那　緹
責任編輯	邱意珺
圖文排版	陳彥妏
封面設計	嚴若綾

出版策劃	釀出版
製作發行	秀威資訊科技股份有限公司 114 台北市內湖區瑞光路76巷65號1樓 電話：+886-2-2796-3638　傳真：+886-2-2796-1377 服務信箱：service@showwe.com.tw http://www.showwe.com.tw
郵政劃撥	19563868　戶名：秀威資訊科技股份有限公司
展售門市	國家書店【松江門市】 104 台北市中山區松江路209號1樓 電話：+886-2-2518-0207　傳真：+886-2-2518-0778
網路訂購	秀威網路書店：https://store.showwe.tw 國家網路書店：https://www.govbooks.com.tw
法律顧問	毛國樑　律師
總 經 銷	聯合發行股份有限公司 231新北市新店區寶橋路235巷6弄6號4F 電話：+886-2-2917-8022　傳真：+886-2-2915-6275

出版日期	2025年4月　BOD一版
定　　價	320元

讀者回函卡

Printed in Taiwan

國家圖書館出版品預行編目

我的病人是老師/那緹著. -- 一版. -- 臺北市 :
釀出版, 2025.04
面 ; 公分. -- (釀生活 ; 50)
BOD版
ISBN 978-626-412-059-3(平裝)

863.55 114000344